La collection « Rafales »
est dirigée par Pierre Bernier

La crise ! Quelles crises ?

La crise ! Quelles crises ?

Textes réunis par Michel-Rémi Lafond

Données de catalogage avant publication (Canada)

Vedette principale au titre :
La Crise ! Quelles crises ?
(Rafales)
« Contes et nouvelles de l'Outaouais québécois »

ISBN 2-921603-06-3

1. Nouvelles canadiennes-françaises — Québec (Province).
2. Roman canadien-français — XXᵉ siècle.
I. Lafond, Michel-Rémi. II. Collection.

PS8329.5.Q4C74 1994   C843' .0108054   C94-941119-1
PS9329.5.Q4C74 1994
PQ3916.C74 1994

Dépôt légal — Bibliothèque nationale du Québec, 1994
Bibliothèque nationale du Canada, 1994

Le Conseil régional de développement de l'Outaouais
a aidé à la publication de cet ouvrage.

Révision : Claude Bolduc et Jacques Michaud

© Éditions Vents d'Ouest (1993) Inc.
 & Michel-Rémi Lafond

Éditions Vents d'Ouest (1993) Inc.
67, rue Vaudreuil
Hull (Québec)
J8X 2B9
(819) 770-6377

Diffusion : Prologue Inc.
1650, boulevard Lionel-Bertrand
Boisbriand (Québec)
J7H 1N7
Téléphone : (514) 434-0306
Télécopieur : (514) 434-2627

In memoriam
Hélène Bissonnette, Monique Langlois,
François Moreau et Henri Saint-Jacques

Introduction

Michel-Rémi Lafond

Ceux qui produisent des œuvres géniales ne sont pas ceux
qui vivent dans le milieu le plus délicat,
qui ont la conversation la plus brillante, la culture la plus étendue,
mais ceux qui ont le pouvoir,
cessant brusquement de vivre pour eux-mêmes,
de rendre leur personnalité pareille à un miroir,
de telle sorte que leur vie,
si médiocre qu'elle pouvait être mondainement et même,
intellectuellement parlant, s'y reflète,
le génie consistant dans le pouvoir réfléchissant
et non dans la qualité intrinsèque du spectacle reflété.
Marcel Proust, *À la recherche du temps perdu.*

C E LIVRE, issu d'un projet à l'Association des auteur-es de l'Outaouais québécois, s'insère dans une démarche créatrice de contes et de nouvelles qui se recoupent sous le thème de la crise. Sa portée large et ambiguë laisse ouvertes les portes de l'imaginaire. La force du recueil réside dans le fait qu'il donne la place à la production d'une œuvre, à la fois collective et individuelle, plutôt qu'il joue sur l'effet de l'œuvre auprès du public. Mais pourquoi donc se met-on à écrire, peindre, composer, énoncer quelque formule nouvelle ? Pourquoi créer ?

Créer procède d'une crise. Toute crise survient avec la rupture. Dans cette perspective, créer serait une façon de lutter activement afin de compenser l'incapacité humaine de comprendre d'instinct les réalités absurdes. L'être humain vit sa vie dans la crise. La naissance n'est-elle pas la première rupture, primordiale et fondamentale, où le passage du chaud au froid, de l'humide au sec, de l'ombre à la lumière, abolit le repos une fois pour toutes ? Cette sortie nous entraîne inexorablement vers la mort, autre rupture, incontournable, finale. Entre les deux termes, des instants se diluent, des passages débouchent soit dans l'abîme, soit dans l'extase. Qu'arrive-t-il dans ces moments ?

Le travail commence. Il décolle au sens premier du terme, celui de torture : travail du rêve qui noue et dénoue les angoisses, l'équilibre intérieur, et qui souvent, dans la nuit, laisse surgir la terreur, le cauchemar ; travail du deuil, celui de la perte, parfois de sa propre perte, qui dure longtemps, trop longtemps, qui combat la douleur, se bat avec le manque ; travail de la création qui reprend le rêve et le deuil, les déplace vers des situations « fictives », vers des personnages, et qui permet d'échapper au vide.

Dans tous les cas, le travail transforme la crise. Qu'on se le tienne pour dit, une crise n'existe jamais seule : elle est polymorphe et pluridimensionnelle. Ainsi, par exemple, une crise sociale déclenche des crises individuelles qui, à leur tour, résonnent dans les relations humaines. Or, qu'advient-il si nous échouons à rétablir les liens, à reconnaître le « malaise dans la civilisation », à penser les ruptures ? On se dirige inéluctablement vers le drame, les dérèglements multiples, quelquefois la mort.

Seule la création, espace public d'invention et de composition de nouvelles œuvres, permet le dépassement de la crise et constitue une alternative aux composantes létales qui se manifestent dans nos vies. Le travail de création permet le rétablissement des liens entre le créateur lui-même, les autres et le monde ; il assure la continuité, par moments, une pérennité qui affirme une certaine idée de l'immortalité.

En ce sens, ce recueil apparaît comme une « courtepointe » qui se déploie dans la complexité du travail de création dans son rapport avec la crise. L'ordre des textes constitue essentiellement une volonté de représentation du déroulement de la crise qui, subrepticement, souvent par l'humour, part d'une brèche imperceptible, inscrite dans la vie. De là, des nœuds, des terreurs, des angoisses se forment, émergent et s'installent à demeure. Le fil noué conduit alors tout droit au labyrinthe intérieur. La marche à tâtons, en aveugle, dans un univers aussi tortueux, risque de mener vers une trappe béante qui s'ouvre sous les pieds : tout en bas, l'emmurement ; dans d'autres circonstances, c'est l'exil. Tel est, en substance, l'objet du travail créateur de vingt-huit auteur-es de contes et nouvelles de l'Outaouais québécois.

Puisque l'occasion m'en est offerte, j'aimerais remercier avec une attention particulière, Richard

Poulin, président des Éditions Vents d'Ouest, pour sa collaboration toujours active et ses remarques judicieuses. Je souhaite également remercier Pierre Bernier, directeur de la collection « Rafales », pour son travail rigoureux, acharné et patient, sans lequel *La Crise ! Quelles crises ?* n'aurait pu voir le jour.

1. Brèches

Black strip-tease

Eddy Garnier

H ULL, rue Principale ou promenade du Portage. Artère bordée de *night clubs* et de restaurants, qui subit en permanence des descentes policières. Drogue, alcool, prostitution, anglophones d'Ottawa, immigrants de couleur, encore d'Ottawa, ou plutôt de l'autre côté de la rivière, et pègre, selon plusieurs. À seulement un pâté de ces commerces, trône, discrète et surtout silencieuse, l'usine de pâte à papier E. B. Eddy, aujourd'hui, en partie, Scott, usine de papier de toilette. Un jet de fumée blanchâtre formant un bonnet phrygien étendu continue inlassablement de s'échapper, timide et majestueux, du sommet de la cheminée surplombant l'entrée du pont des Chaudières. Retour sur du Portage. Un double bar de danseurs et de danseuses nus.

À l'étage du bas, *Le Rouge à lèvres* reçoit les hommes et, en haut, *Le Lit d'eau*, les femmes. Dire qu'ici on prône farouchement l'égalité des sexes.

C'est l'heure du lunch. Les fonctionnaires de l'État fédéral ont vidé les édifices de Place du Portage et des Terrasses de la Chaudière pour assaillir cette rue d'ordinaire si déserte.

Pourtant, ce n'est pas une journée de paye. *Le Lit d'eau* est déjà comble. C'est là que cela doit se passer. Pénombre, alcool, fumée, clins d'œil et surtout... complicité.

Pendant que la foule s'impatiente, une voix féminine sortie de nulle part hèle :

— Ah ! les vicieuses ! Dès qu'il s'agit de sexe, elles deviennent folles. Elles n'hésiteront pas à renier trois fois maris pour venir ici. Seulement pour voir, pour regarder une queue molle qui ne pend même pas. Trop courte. Je te le dis, crois-moi. Cela se passe seulement dans la tête.

La réalité réelle, la réalité vraie est ce qu'on fait du sexe et non ce qu'on en imagine.

Le public cible féminin, un peu huppé quand même, oublie que tous les hommes possèdent un sexe. Les amis, le mari aussi. Mais c'est l'autre, l'inconnu, l'imagination qui importe.

Impatientes, elles tapent des mains, sifflent, crient jusqu'à réclamer à haute voix :

— Nous voulons voir du sexe noir ! Nous voulons admirer une longue queue noire !

Ce qu'elles ne savent pas encore, c'est que le strip-teaseur vit à l'heure antillaise ou à l'heure africaine.

« Pourquoi se presser, se dit-il, pour aller où ? Pour aller faire quoi ? Le monde sait où il s'en va. Mais les autres de ce même monde, n'ont jamais été nulle part. Pourquoi toujours se presser ? »

Dans la salle, les nerfs sont à fleur de peau. C'est l'impatience de déverser toute la somme de ses frustrations, de ses fantasmes, de sa folie, de sa morbidité sur la vue d'un corps nu avec un sexe. On oublie qu'on en possède un aussi. Et que tout ce qui vit est passé par là. Les cochonnes, les perverses, regardez-les, tirées à quatre épingles, elles rongent leurs doigts.

Finalement, trois coups imaginaires et le rideau s'ouvre. Pleins feux sur un strip-teaseur noir, Antilles-Afrique. Étonnement général, stupéfaction, déception. Le strip-teaseur est déjà flambant nu. Les quelques spectatrices haïtiennes ne savent plus où donner de la tête. Elles ont honte. Un compatriote qui danse nu devant des Blancs. « Que va-t-on penser de nous ? »

Notre strip-teaseur se promène sur la scène nu comme un nègre. Pas un poil à l'horizon. Il exhibe un sexe phosphorescent. Le public est impatient. Les spectatrices veulent qu'on leur découvre le sexe au fur et à mesure. Comme cela doit se passer. Le mot le dit. Agacer la curiosité en dépouillant lentement. Agacer le fantasme.

Ce strip-teaseur est paresseux, il paraît venir d'un pays chaud. Il lance :

— Que voulez-vous de plus ? Vous étiez venues voir du sexe. Vous êtes servies. Alors, foutez le camp !

Le public réclame son dû. Tous les éléments sont là. Un Noir, sa nudité ébène et une queue phosphorescente. Va-t-il se rhabiller pour s'exécuter ? Ce serait le plus beau spectacle jamais présenté à l'heure du lunch promenade du Portage.

Non, il n'y aura rien. Le sexe, c'est blasé, archaïque, vétuste, désuet, mais vivant, dynamique. Fendre l'air en deux parties égales. Passer à travers comme un train glisse sur ses rails. Ah ! le bon vieux phallus, ce cornet à dés !

Le strip-teaseur refuse. Qu'est ce que cela pourrait ajouter de se rhabiller et se déshabiller ?

— J'ai déjà tout montré. Je n'ai pas un autre sexe caché ailleurs. Plus rien à montrer, plus rien à cacher. Vous les Blancs, on ne vous comprendra jamais dans votre manie de tout soumettre à des règles fixes. Toujours un point de référence. À cause d'un certain Descartes. Vive la tradition orale ! Où est la sensation, l'extase de l'improvisation créatrice ? Renaître dans la permanence de la création perpétuelle.

Le public refuse de partir. Il veut en avoir pour son argent. À Hull, le monde est très patient quand il a payé. Surtout s'il vient de l'autre côté de la rivière. Il veut savoir ce que cache l'autre sous sa peau noire. Il a le droit de tout exiger.

Le public a payé, il veut tout avoir. Jouir comme au moment ultime du lynchage.

Mais soudain le strip-teaseur annonce :

— Mesdames, messieurs, le spectacle va commencer.

— Ah ! l'maudit Noir, on l'savait qu'y avait quelque chose d'autre qui s'en venait !

À l'instant même, comme par magie, un plateau d'argent sur lequel est posé un coutelas fraîchement aiguisé est présenté au strip-teaseur.

— Ah ! je l'savais ! C'est du vodou. L'maudit Noir, ça va être diabolique.

Le public s'impatiente. Il veut voir de ses yeux, savoir ce qu'il ne sait pas encore. Avec un rire moqueur, le strip-teaseur s'empare du coutelas et salue son public. Le roulement d'un tambour vodou s'égrène et l'imprévisible spectacle commence. Il fait tournoyer le coutelas au-dessus de lui, l'attrape avec sa main droite et, d'un coup sec, il se fait sauter la tête qui vole, les yeux révulsés, aux pieds des spectatrices terrifiées.

— Ah ! l'maudit Noir, je l'savais qu'y était un barbare !

Celles qui ont toujours désiré pleurer en profitent.

Pleurer la tête d'un Noir inconnu, quelle sincérité !

Celles qui ont toujours besoin d'un prétexte pour vomir de dégoût en profitent. Celles qui n'ont jamais crié à haute voix le font enfin. Celles qui cherchaient une occasion de faire de l'exercice prennent leurs jambes à leur cou. Trop tard, la porte est verrouillée à double tour. La tête sans corps ne se lasse de répéter :

— Vous avez payé pour un spectacle de vrai strip-tease, vous allez l'avoir.

Sueurs froides. Cris de frayeur. Sentiments de culpabilité.

— Vous allez avoir un spectacle de strip-tease total, reprend la tête sans corps.

Suit son ricanement diabolique :

— Ah ah ah ah !

Personne n'a encore pensé à appeler la police.

Who cares?

Dans la panique, à chaque fois qu'une cliente en robe ou en jupe enjambe la tête roulant sur le plancher, les yeux clignotent et la bouche ricane :

— Madame, qu'une brune queue vous siérait, juste là, en plein milieu de votre forêt. Ah ah ah ah !

Le public reprend un peu ses sens. Le corps sans tête se promène calmement de long en large sur la scène. Il jongle avec son coutelas pointu. Tout à coup, il attrape son sexe phosphorescent. À l'unisson les femmes crient :

— Non ! Non ! Pas ça !

Rire infernal de la tête entre les jambes des spectatrices. D'un coup sec, le corps s'ampute le sexe et le lance à son public bien-aimé. Plus personne n'en veut de son sexe qui vole comme le moineau du badminton. Le public ne comprend plus rien à ce spectacle qu'il pense vodouesque.

— Pourquoi y est pas resté dans son pays, ce maudit Noir ? Le vodou-là, on en a pas d'besoin icitte.

Le corps décapité plonge maintenant la lame dans son thorax et s'arrache le cœur.

— Mais c'est pas possible. Ça se peut pas. C'est écœurant.

Le sang gicle. La tête ricane de plus belle :

— Ah ah ah ah !

Le public crie puis fige de torpeur.

Le Noir sans tête lance son cœur en éructant :

— Vous étiez venues voir la nudité. Voilà ! Prenez la mienne dans votre main. Mon cœur, toute ma nudité.

— Ça peut pas continuer. Y faut appeler la police, dit le propriétaire, qui n'était pas au courant de ce singulier spectacle.

Il se demande si, à l'avenir, il engagera d'autres négros dans sa boîte. Et si on fermait sa boutique ? Cela fait cinq ans qu'on le prévient. Ces gens-là ne sont pas comme tout le monde. Plus dociles, plus exploitables, des illégaux sans permis d'emploi, plus imprévisibles aussi. Mais la clientèle est venue spécialement pour eux. Oui, pour ces gens-là.

L'exotisme, le porno sado-maso, c'est ce qui tient ce public blasé, désabusé. Dans cette morbide complicité, les spectatrices se sentent plus en sécurité pour penser à tout ce qu'elles veulent, sans remords de conscience.

Strip-tease collectif quoi !

Le *lunch time* tire à sa fin. Il faut partir, reprendre le boulot. Bonne raison de quitter. On s'entasse devant la porte de la sortie. Un ultime ra du tambour vodou fait tourner les regards une dernière fois sur le strip-teaseur, corps sans cœur, sans tête, sans sexe.

Subitement, le corps sans tête porte la main au sommet de son cou amputé. Il s'empare d'une invisible glissière qu'il tire sur les rails d'une fermeture éclair bien camouflée. De ce semblant de peau couleur ébène, décapitée, sans cœur et sans sexe, sort un homme blanc, intact.

Fission paradoxale

Éric Norman Carmel

C'ÉTAIT lors du Congrès international de physique de Paris, en 1926. Entre deux conférences, Niels Bohr discutait d'un point théorique avec Einstein, Ehrenfest et de Broglie dans le vaste hall du Palais des congrès, lorsqu'une jolie jeune fille s'approcha d'eux.

— Bonjour, dit-elle, je m'appelle Katia, Katia Esperando.

Les quatre physiciens interrompirent leur conversation et dévisagèrent la nouvelle venue. Ils furent si frappés par sa grande beauté que tous éprouvèrent une convergence sanguine et répondirent courtoisement à son salut. Après quoi, un silence gêné s'installa, car aucun des quatre, très timides, n'osait lui demander la raison de son irruption. Elle finit par tendre son index en direction de la joue de Bohr.

— Vous avez un gros point noir dégueulasse, là...

— Quoi ? Comment ? Que dit-elle ? dit le physicien suédois qui ne parlait pas français.

— Elle dit que vous avez un point noir sur la joue, traduisit de Broglie dans un anglais accentué et avec une mine hébétée.

Bohr n'eut même pas le temps d'exprimer son étonnement que Katia reprit de plus belle :

— C'est un certain Werner qui m'a donné rendez-vous ici et qui n'a pas pu venir, le salaud !

— Werner ? Heisenberg ? demanda Ehrenfest.

— Oui ! Un collègue à vous ! Un petit hypocrite vantard, oui !

— Mais... mademoiselle, que pouvons-nous pour vous ? balbutia Einstein.

Elle éclata en sanglots contre la poitrine de celui des quatre qui n'avait pas d'accent étranger, de Broglie :

— Les hommes sont tous des salauds et de maudits pervers !

Et son hululement résonna sous les voûtes du grand hall : la foule se retourna vers ces quatre physiciens cramoisis qui s'empressaient maladroitement autour d'une jeune fille faisant scandale.

Katia ne consentit à se calmer que lorsqu'ils l'emmenèrent boire un café au bar. De Broglie, qui bégayait depuis que ses yeux étaient tombés dans le décolleté de la demoiselle en question, semblait le plus déconcerté.

— Où... où... où est-il, le professeur Heisenberg ?

— Il est retourné à l'université de Berlin, lui chuchota Ehrenfest en allemand.

— Il exagère tout de même, dit Einstein. Cette situation est très gênante. Que peut-on faire ?

— On pourrait demander à madame Curie de venir lui parler. Entre femmes... suggéra timidement de Broglie.

— Ou à Bohr qui a l'habitude avec ses étudiantes...

Le Suédois, qui était à l'écart en train de presser son point noir devant un miroir, ajouta :

— On peut lui proposer de la ramener chez elle.

— Oh ! vous êtes si gentil ! souffla-t-elle à de Broglie quand il lui eut transmis la suggestion. Vous me parlerez de la fonction d'ondes ?

— Vous... vous connaissez ?

— J'aime tant vos travaux, monsieur le duc. J'ai une grande admiration pour vous.

— C'est... c'est-à-dire... balbutia le Français tout confus. C'est pas moi qui... Je ne peux pas vous raccompagner, je ne suis pas en voiture. Je pensais plutôt à monsieur Einstein, car il a une voiture à sa disposition, n'est-ce pas Albert ?

— Celui-là ? Ah non ! je ne veux pas ! protesta-t-elle. Werner a appris de Bergson qu'il est homosexuel votre prix Nobel. Comme Pauli et Dirac. C'est absolument dégoûtant !

— Quoi ! hurla Einstein. Elle a dit quoi ?

— Allons, calmez-vous Albert, dit Ehrenfest en allemand. Elle ne sait pas ce qu'elle dit. C'est seulement une courtisane.

Et il ajouta en français :

— Quand vous a-t-il dit une telle absurdité, mademoiselle ?

— Ben, un soir qu'il recopiait le livre d'Einstein sur l'effet photo-électrique pour l'inclure dans sa thèse, comme vous le lui aviez conseillé...

— HEIN ? s'étrangla Einstein.

— Ah ah ah ! ça ne m'étonne pas ! plaisanta Bohr lorsque le Français lui eut traduit. Il a bien remarqué qu'Albert et Erwin ne se quittaient plus.

— Bohr ! retirez immédiatement cette insulte sur mon compte et celui de Schrodinger !

— Allons Albert, je plaisantais... Qu'est-ce qu'ils sont susceptibles ces ju...

— Pardon ?

— Rien. Non, rien.

— Bon, qui c'est qui me ramène ? lança Katia en fixant le Suédois. Elle a une voiture la grande échalotte blondasse ?

— Tout de même, vous parlez au professeur Bohr, répliqua vivement de Broglie, avec un semblant de sourire paternel et en lui tapotant la cuisse.

— *What is* « grande échalotte blondasse » ? demanda Bohr.

— Ben je me suis pas trompée, sourit Katia. C'est toujours comme ça qu'ils vous appellent, les Français entre eux. C'est Werner qui me l'a juré, observa-t-elle en pointant de Broglie.

— Mademoiselle ! hoqueta ce dernier tandis qu'Einstein se faisait un plaisir malicieux de traduire.

Mais Katia se jeta soudainement au cou du savant suédois.

— Professeur Bohr ! si vous saviez comme j'admire vos travaux ! La structure de l'atome, ça c'est une recherche ! *Atom* ! *Kolossal* ! Vous êtes mon héros, monsieur Bohr. Je peux vous appeler Niels ?

Et elle le gratifia d'un long baiser juteux sur la bouche, qui plongea tout le monde dans un silence glacial.

— Hum ! merci, se rengorgea le Suédois, qui pour une fois n'avait pas eu besoin de traduction.

— Quand allez-vous reformuler votre loi des fréquences ? minauda-t-elle.

— Pour une courtisane, elle s'y connaît, chuchota Einstein.

— Je raccompagner vous, dit Bohr.

— Je... je... peux très bien raccompagner ma... mademoiselle, protesta de Broglie, frémissant de fureur.

— *Shut up, you, stupid little duke*, dit Bohr exaspéré.

— Pardon ? hurla l'insulté.

— Le grande eschalotte blondasse dit à vous : merde !

Profitant de la dispute, Einstein demanda à Katia :

— Vous n'aimez QUE les physiciens ?

— Oh oui ! La physique, c'est ça qui m'excite, qui peut me procurer orgasmes et plaisirs ! Parlez-moi quantas et ça me fait mouiller ma petite culotte. Mais vous les tapettes, vous n'y comprenez foutrement rien...

— Je vais la gifler ! hurla Einstein hors de lui.

— Albert ! vous n'allez pas frapper cette jeune fille, non ? s'interposa Ehrenfest.

— J'me gênerais tiens ! Ah ! et puis vous, la cire molle, ça suffit ! Depuis quand vous conseillez aux antisémites de piquer mes travaux ?

— Cire molle ? Moi ? Retirez cette insulte !

Les cris montaient dans le bar, des tasses tombaient par terre, les serveurs s'approchaient, embarrassés, ne pouvant expulser comme de vulgaires voyous un Nobel vedette du Congrès et trois éminents physiciens. Un attroupement commençait à se former, quand une voix tonna en allemand :

— Qu'est-ce qui se passe ici ?

Les quatre opposants se tournèrent en bloc :

— Heisenberg !

Quand les clameurs s'apaisèrent, il ressortit du flot d'injures que le nouvel arrivant était d'abord le roi des goujats et des forçats pour abandonner une jeune fille dans les pattes de ses collègues et ce, après l'avoir sauvagement séduite, et qu'ensuite...

— Mais quelle jeune fille ? s'écria le futur inventeur du principe portant son nom.

Les autres désignèrent d'un doigt accusateur Katia Esperando qui, le regard vide, restait le nez au fond de son café.

— Elle ? Mais je ne la connais pas !

Centre d'intervention temporelle québécois
Section gatinoise
Commando 4
Le 02-12-2067

Rapport de mission

La mission de l'agent Esperando, envoyée au XXe siècle, année 26, a été un échec.

L'objectif, qui était d'étouffer dans l'œuf la genèse de la fission de l'atome, en paralysant pour de longues années la collaboration des principaux physiciens intéressés, n'a pas été atteint.

Sans autre initiative du Conseil temporel suprême, le cataclysme nucléaire atomique de 2023 aura donc bel et bien lieu. La ville de Hull sera détruite, en même temps que celle d'Ottawa.

Le dernier show

Normand Grégoire

CLAUDE aperçoit Bernard assis au fond du café. La mine dévastée de son ami, la grosse *Blanche de Chambly* qu'il ingurgite goulûment, et surtout l'absence inaccoutumée de Marie expliquent en un clin d'œil la raison pour laquelle Bernard l'a invité à venir jaser « *Aux Quat* ». Ça fait bien trois ans que Bernard est venu s'établir à Hull et presque aussi longtemps qu'il a rencontré Marie. Ils sont tout à fait inséparables depuis, ou du moins, l'étaient.

— Quand est-ce qu'elle t'a lâché Bernard ?

— Hier. Comment tu sais que Marie et moi…

— Je l'ai deviné.

Bernard entreprend d'expliquer les motifs de la séparation. Il parle, relatant parfois de bons souvenirs, revenant avec amertume aux détails qui ont provoqué la rupture, disant ensuite comment cette fille-là pouvait être fantastique, puis se remettant à parler de la séparation et à se demander inlassablement pourquoi.

Claude se contente d'écouter, émettant à l'occasion un commentaire. Les bouteilles de bière se succèdent à un rythme effréné.

— Dis donc, Claude, le sais-tu ce qu'elles veulent de nous autres les femmes ? Pourquoi c'est si dur de vivre avec elles ?

— Je sais pas quoi te répondre, mon Bernard !

— Comment peux-tu m'expliquer que pendant trois ans t'es l'amour de sa vie, pis comme ça, du jour au lendemain, t'es rejeté comme une vieille paire de Reebok. Il faut toujours que tu lises entre les lignes, pis faut jamais que tu te trompes, sinon elles sont sans merci.

Claude regarde son ami et hausse les épaules en signe d'impuissance.

— Si j'avais les réponses, mon Bernard, je ne serais pas encore célibataire. Ça va faire quatre ans, jour pour jour demain, que je ne suis plus avec Martine.

— Quatre ans jour pour jour ! T'as une bonne mémoire !

— C'est pas ben dur d'avoir une bonne mémoire quand tu sais tout ce qui m'est arrivé ce jour-là.

Suzanne, la serveuse, arrive avec deux autres grosses *Blanche de Chambly*.

Claude raconte son histoire :

— Ç'a d'abord commencé par une chicane en déjeunant. Martine m'a piqué toute une crise parce que je n'avais pas rabattu mon siège de toilette et que, pendant la nuit, elle s'était retrouvée assise sur la cuvette froide. Bon, c'est vrai que c'est pas plaisant et qu'elle avait raison d'être choquée. C'est-tu une raison suffisante pour casser ? Je me suis excusé, j'ai promis de faire attention à l'avenir, mais elle a continué à faire la baboune. Je me suis dit : « Oh oh ! c'est déjà le temps du mois ; ses redoutables SPM. » Puis elle commence à me défiler tout ce qu'elle ne peut pas endurer de ma part et qu'elle doit supporter depuis cinq ans. Si elle m'en avait parlé avant, j'aurais pu y travailler ! Elle me dit enfin que nous ne sommes visiblement pas faits l'un pour l'autre et que de toute façon, je suis un gars plate. Je lui demande ce qu'elle veut dire par là. Elle me répond que je ne suis pas comme Stéphane : « Lui y est drôle quand je le chatouille. » Bon, je ne suis pas chatouilleux, je n'y peux rien, mais ça ne m'enlève pas mon sens de l'humour.

— Stéphane ? C'est qui, lui ?

— Ah ! un gars qui travaille à son bureau, et qu'elle trouve « ben fin » ! Elle l'incorporait souvent dans nos plans : elle l'invitait quand on allait au restaurant, au cinéma, en voyage, tu vois le genre. Elle m'annonce donc qu'elle veut que nous prenions nos distances pour un bout de temps. J'ai passé le reste de la matinée à ramener mes affaires chez mes parents.

Claude fait une pause dans son récit pour aller élargir la couche d'eau jaune, comme il se plaît à le dire. Une nouvelle bière l'attend à son retour.

— Où est-ce que j'étais rendu ? Ah oui ! J'ai passé le reste de l'avant-midi à rapporter mes affaires chez mes parents. Naturellement, qui arrive pour faire son tour pendant ce temps-là ? Le beau Stéphane, celui qui est si drôle quand elle le chatouille. Inutile de te dire que ma façon a été pas mal courte avec lui !

— Ouin, jusque-là ça ressemble pas mal à mon histoire.

— Attends, mon Bernard, ça se corse. Dans ce temps-là, je travaillais au cinéma Cartier comme projectionniste. On passait des films cochons d'une heure l'après-midi à onze heures le soir. Les films étaient montés sur un plateau et jouaient sans arrêt. Une fois que t'avais parti le projecteur, t'avais plus rien à faire pour les cinq heures suivantes. C'était pas mal ennuyant. Ces films-là sont tous pareils et ça devient monotone. Heureusement, on pouvait s'installer sur le toit et prendre un peu d'air.

« Ça fait que je me pointe pour travailler, le moral en dessous du bras, comme tu peux t'en douter. La crise éclate une heure après le début du film : un voleur arrive et pointe un revolver en direction de la caissière. Elle lui donne tout l'argent et le gars disparaît. La caissière se met à crier et à pleurer tellement fort que tous les spectateurs sortent de la salle pour voir ce qui se passe. Elle, elle a même volé la vedette au film ! Quand j'arrive dans le hall, tous les clients sont là et discutent de l'événement. Aucune trace de Julie, la caissière. Finalement, j'apprends par un de nos clients réguliers, un fonctionnaire anglophone, qu'il y a eu un hold-up et que

Julie a lâché. Je me retrouve tout seul, le gérant est en congé, parti faire la tournée des grands ducs à Montréal, et le propriétaire va téléphoner à la fin de la soirée pour connaître le chiffre d'affaires de la journée. Il faut donc que je coure entre la salle de projection et le hall pour vendre les billets, faire le popcorn, répondre au téléphone. Bien évidemment, Martine me téléphone pour me reprocher ma conduite envers Stéphane. Au même moment, le film casse et se répand dans la salle de projection. Je raccroche rapidement pour aller réparer le dégât avant que la situation ne s'aggrave, mais dans le temps de le dire, une queue se forme devant le snack bar. Tu peux t'imaginer le cauchemar : d'abord courir arrêter le projecteur pour éviter que les milliers de pieds de pellicule se vident sur le plancher ; ensuite, descendre dans le hall pour répondre au téléphone, vendre les billets et le popcorn, retourner démêler le film qui ressemble à un gigantesque spaghetti. Sans compter les nombreux autres appels de reproches de Martine qui m'accuse de ne pas vouloir lui parler et faire face à la réalité comme d'habitude, et ceux des clients qui veulent avoir des renseignements sur les scénarios des films à l'affiche. Une soirée d'enfer pour un salaire misérable de six dollars l'heure !

« J'ai réussi à remettre le film en marche et je n'étais pas mécontent de le voir finir quelques heures plus tard. J'ai eu la tâche d'expliquer au propriétaire le déroulement de la soirée ; disons qu'il n'a pas tellement bien pris ça, mais au point où j'en étais, ça n'avait plus tellement d'importance. Il me restait seulement à m'assurer qu'il n'y avait personne dans la salle avant de sortir de là.

« Cette petite ronde était toujours un des aspects les plus déplaisants de mon travail. Je n'aurais pas voulu être à la place des nettoyeurs. En entrant dans la salle, on était d'abord frappé par une forte odeur d'urine ; les spectateurs préféraient uriner par terre plutôt que perdre une seconde du film. On pouvait aussi détecter d'autres miasmes de provenance douteuse. Le sol était jonché de kleenex et de condoms, et les semelles de mes souliers collaient au plancher. Ce n'était certainement pas toujours l'effet de la boisson gazeuse renversée. Et il y avait immanquablement des clients récalcitrants qui ne voulaient pas s'en aller et qui réclamaient un autre film.

« Ce soir-là, bien entendu, pour couronner ma journée, il y a un client, un vieillard, qui traîne. Je lui demande de s'en aller. Pas de réponse. Je me dis qu'il est probablement saoul et qu'il cuve son vin. Je m'approche pour le réveiller... »

À ce point du récit, Bernard se lève à son tour pour aller élargir la couche d'eau jaune.

— Attends-moi, ça ne sera pas long, perds pas ton idée.

Au retour de Bernard, Claude n'est plus là. Appuyé au bar, il flirte avec une belle femme. Il revient enfin à la table et la jeune femme l'attend dans l'entrée.

— Je vais finir mon histoire, mon Bernard, parce qu'on m'attend, O. K. ?

« Je suis venu pour réveiller le petit vieux, mais il ne dormait pas. Il semblait regarder l'écran vide. Son corps était raide comme un piquet. Il tenait sa quéquette dans une main et sa boîte de pilules pour le cœur à moitié renversée dans l'autre !

« Comprends-tu, mon Bernard, pourquoi je me rappelle aussi bien la journée où Martine m'a laissé ? »

2. Nœuds

Le Picotté

Raymond Ouimet

L A MORT est de nos jours un sujet aussi tabou
que la sexualité l'était, il y a une quaran-
taine d'années. Rien que d'en parler c'est,
aujourd'hui, faire preuve de mauvais goût, voire de
morbidité. La mort choque le plus grand nombre
d'entre nous. D'ailleurs, ne considérons-nous pas la
nôtre comme un assassinat ? Lorsqu'elle survient, on
confie sa victime à un spécialiste appelé pompeuse-
ment thanatologue — façon moderne, technique et
aseptisée de nommer le croque-mort —, qui souvent
embaumera le cadavre de manière à ce qu'il ait l'apparence d'une personne morte en bonne santé aux yeux
de ceux qui viendront lui rendre un dernier hom-
mage. Ceux-là diront : « Comme il a donc l'air naturel !

On dirait qu'il dort ! » C'est ainsi que notre société moderne exorcise la peur qu'elle a de la mort : elle la camoufle.

On n'a pas toujours entretenu de tels sentiments envers le trépas. Il n'y a pas si longtemps, chacun s'occupait de ses morts et la veillée au corps se déroulait à la maison, à la porte d'entrée de laquelle on accrochait un crêpe noir en signe de deuil. Par ce symbole, tous et chacun savaient que telle famille avait perdu un des siens. On veillait le corps pendant au moins trois jours et deux nuits sans pour cela quitter le foyer familial ; on continuait à y manger, à y dormir, bref on continuait à y vivre malgré la présence du défunt. Cependant, on croyait aux fantômes comme nous croyons aujourd'hui aux extra-terrestres, ni plus ni moins !

Valmore Chartrand était l'un de ces habitants de l'île aux Allumettes qui, pour gagner sa vie, passait l'hiver dans les chantiers à bûcher du bois, le printemps à faire la drave sur la rivière des Outaouais et l'été à transporter du bois de poêle avec son gros cinq tonnes — le seul camion à benne basculante de toute la tête de l'île — dans les divers villages de la région. Bâti comme une armoire à glace, il faisait plus de six pieds et pesait dans les deux cent cinquante livres. Il aimait dire à qui voulait bien l'écouter : « Celui qui va m'épeurer yé pas encore au monde. » Il faut dire qu'il n'exagérait pas tellement. Draveur depuis plus de trente ans, il n'avait jamais appris à nager malgré qu'il fût près de se noyer à plusieurs reprises. Il disait : « Bah ! faudra ben qu'un jour j'y passe comme tout l'monde, pis quand mon tour s'ra v'nu, y a pas grand chose que j'pourrai y faire. » À quoi certains répondaient : « Une de ces quatre nuits, un r'venant va v'nir te tirer le gros orteil mon Valmore ! » « Maudite marde ! » maugréait tout bas, entre ses dents, Chartrand qui mettait fin brusquement à la conversation. Car là était la grande faiblesse de Valmore. Ce grand colosse à la musculature athlétique croyait, dur comme fer, aux revenants ! La nuit, lorsqu'il passait devant un cimetière, il détournait la tête de peur d'y apercevoir des signes de la présence de fantômes.

Un matin de fin d'été, Valmore était en train de charger de bois son camion quand il reçut la visite de son voisin de rang, Jos Picotte. Machinalement, sans cesser son travail, il lui lança : « Qu'ossé qui t'amène de si bon matin ? » Picotte n'avait répondu à la salutation habituelle de Valmore que par un grognement qui tranchait sur sa bonne humeur habituelle, laquelle le caractérisait depuis les bancs de la petite école. Car Picotte était reconnu comme le joueur de tours de la paroisse. Il n'y avait rien à son épreuve. Une fois, à l'occasion du soir des Tours, que nous appelons maintenant Halloween, il avait réussi à s'introduire dans l'écurie de Valmore pour y grimer sa belle jument noire de nombreuses taches blanches. Inutile de vous raconter la suite si ce n'est pour vous dire que le lendemain, Valmore fit le tour de tous les hôtels de l'île — et Dieu sait combien il y en avait de ces saprés hôtels — pour mettre la main au collet de Jos Picotte.

Devant le grognement insolite de Picotte, Chartrand releva la tête et s'aperçut que quelque chose ne tournait pas rond chez son voisin. « T'as-tu perdu un pain d'ta fournée, lui lança Valmore ? » L'autre répondit laconiquement :

— Ça s'pourrait ben !

Intrigué par cette réponse pour le moins évasive, Valmore répliqua :

— Envoye Picotte, envoye... J'ai pas rien qu'ça à faire moé de m'creuser la jarnigoine pour d'viner c'qui s'passe dessour ton casque !

— J'voulais savoir si des fois t'irais pas dans l'coin de Fort-Coulonge dans'journée ?

— Ça s'pourrait peut-être, répondit Valmore. T'as à faire de ce côté-là, ajouta-t-il ?

Jos Picotte, un peu gêné par la situation dans laquelle il se trouvait, finit par dire :

— Ben, c'est rapport au pére. Y est mort à barre du jour, chez mon'oncle Anthime, au Coulonge pis...

Valmore l'interrompit :

— Ben, ça parle au yiâble ! Le vieux Picotté est mort ? Sauf ton respect, j'aurais jamas pensé que l'Au-delà aurait voulu d'un vieux malendurant comme lui pour une terre en bois d'boute.

Un long silence suivit la brusque intervention de Valmore qui se mit à regretter d'avoir prononcé ces paroles à voix haute. Pour se racheter, maladroitement il ajouta :

— Bon ben, j't'offre mes sympathies quand même.

Face à la réaction de Chartrand, Picotte ne savait pas trop s'il devait continuer à parler. Puis, il se dit qu'il n'avait rien à perdre. Il enchaîna :

— Ben, t'sé, on avait fait promesse au vieux de l'faire enterrer dans'paroisse, avec ses aïeux pis ma mére. Vu que t'as un camion, j'ai pensé que t'aurais pu ram'ner son cadâv'e à'maison.

Valmore n'avait pas vraiment envie de rendre ce service à son voisin. Le vieux en avait tellement fait voir à sa famille à cause d'une histoire de clôture que même ses fiançailles avec l'aînée du Picotté avaient été définitivement rompues. Puis, transporter un mort qui n'avait peut-être même pas fait ses Pâques, sait-on jamais... Mais Jos était un grand ami. C'est lui qui, dix ans auparavant, l'avait sauvé d'une noyade certaine aux rapides de la Culbute. Il ne pouvait pas lui refuser ça. Il répondit d'une voix mal assurée :

— Pour toé, j'sus ben prêt à aller qu'ri les restes du vieux. Mais en seulement, j'te promats pas d'être icitte de bonne heure. J'doé d'abord passer chez ma sœur Imelda, au Grand-Calumet, pour lui livrer un voyage de bois d'poêle. Tu viens avec moé ?

Plutôt mal à son aise, Picotte répondit :

— Justement, j'pensais prendre la journée pour aider la femme à préparer la maison pour la veillée au corps, pis prendre les arrangements d'occasion avec m'sieur le curé. Mais, j'peux toujours y aller si tu penses qu'il faut absolument que j'soé là.

— Ah ! fit Valmore dont le visage était devenu tout pâle.

Il hésita pendant un instant. « Qu'ossé qui va croire à c't'heure si j'dis non, pensa-t-il ? » Son orgueil reprit vite le dessus et avec un air faussement détaché mais quand même incertain, il dit :

— Fait c'que t'as à faire ; j'm'arrangerai ben tu-seul. En revenant du Calumet, j'prendrai le corps pis m'a te l'ramener dret-là, à souère.

Puis, il ajouta, l'air inquiet :

— J'espère qu'y avait fait ses Pâques pis qu'y é mort en bon chrétien !

Il était environ sept heures trente quand Valmore cogna à la porte de la cuisine d'été d'Anthime Picotte, le frère cadet du Picotté. C'est Arméline, la femme d'Anthime, qui vint ouvrir. Surprise, elle fit entrer le visiteur et cria : « Anthime, Anthime, y a d'la visite rare pour toé. Tu d'vineras jamais qui c'est. » Anthime s'amena du haut-côté où il veillait le corps de son défunt frère.

— Ah ben bout'd'bon Yeu ! s'exclama Anthime, si c'est pas Valmore à Baptiste Chartrand ! Ça fait des années que j't'ai pas vu la binette. Rentre mon gars, rentre. Viens t'assoère que j'te sarve un bon p'tit boère.

Valmore prit place à la table familiale et avant qu'il eût le temps de dire un mot, Anthime poursuivit :

— Vinyenne de bout'd'bon Yeu ! Qui aurait dit ça ! Tu sais, Valmore, que ton pére pis moé, on a tou-jours été des grands amis. Cette saudite histoire de clô-ture, on aurait pu s'en passer. Mais quand deux entêtés veulent à tout prix gagner...

La conversation se poursuivit pendant plus d'une heure. On en avait même oublié la dépouille mortelle qui reposait dans la pièce à côté quand Arméline vint chuchoter quelques mots à l'oreille d'Anthime. « Oui, oui, dit Anthime, tout bas. » Il reprit la conversation en disant :

— Tu sais que Damase est mort à matin ? Y r'pose dans le haut-côté.

— Ben oui, répondit Valmore. J'su's justement venu pour qu'ri le corps.

Confondu par cette réponse, Anthime réagit :

— Vinyenne de bout'bon Yeu ! Toé, Valmore Chartrand, t'es venu qu'ri la dépouille de mon frére ? Voyons-donc ! J'ai jamas vu un Chartrand présenter la joue gauche à parsonne.

— Écoutez, pére Anthime. J'ai pas envie de r'ssasser des vieilles chicanes. Si j'fais ça, c'est que Jos me l'a demandé, un point, c'est toute. En seulement, si vous voulez pas que j'm'en occupe, vous n'avez qu'à l'dire. On s'ra pas plus mauvais amis pour ça.

Pendant un bref instant, Valmore crut s'être débarrassé du Picotté sans perdre la face. Mais c'était peine perdue, car Anthime répliqua :

— Ça va, ça va. Donne-moé l'temps de mettre le corps en biére pis tu pourras t'en r'tourner sus l'île.

— Y est-y mort avec les derniers sacrements, demanda Valmore inquiet ?

— Ben non, ben non, répondit Anthime. Y est mort ben trop vite pour ça. Comme de raison, y va devoir passer au moins que'q temps au purgatoire à moins que…

— Ouais, murmura Valmore, y manquait pu rien qu'ça !

Une demi-heure plus tard, le corps de Damase était transporté dans le camion de Valmore qui s'apprêtait à partir.

— Bon voyage, lui lança Anthime. On se r'verra aux funérailles si jamais tu y vas.

Nerveux, Valmore fit démarrer le moteur du camion et prit la route de l'île aux Allumettes. La nuit était noire. Pas une étoile ne scintillait au firmament. Un brouillard blanchâtre de fin d'été recouvrait la route que les phares du camion avaient peine à éclairer. Le chemin tortueux se confondait avec les champs environnants dans un décor d'ombres que les brumes de la nuit semblaient animer pour divertir d'étranges spectateurs invisibles. Cette féerie de la nature effrayait Valmore qui se sentait épié de toutes parts. À chaque tournant du chemin, il lui semblait que des grippettes maléfiques s'échappaient des fossés balayés par des vapeurs et son imagination épouvantée les métamorphosait en créatures fantomatiques, tout droit sorties des entrailles de la terre.

Valmore conduisait son camion presque instinctivement ; son esprit était préoccupé par la benne et son lugubre chargement vers lesquels il jetait un regard à tous les instants. Et chaque fois qu'il rétrogradait, les pignons de la transmission émettaient un sifflement infernal accompagné par le tintement des chaînes des ridelles de la benne qui étaient secouées par le brusque ralentissement du véhicule. Cette cacophonie mêlée aux inquiétants reflets de la nuit brumeuse paraissait tellement étrange à Valmore qu'elle lui donnait froid dans le dos. Tout à coup, droit devant lui, dans le faisceau de ses phares, apparut un homme qui, de ses deux mains, lui signifiait d'arrêter. Valmore hésita quelques instants, car il n'était pas dans ses habitudes de faire monter des étrangers dans son véhicule. Mais, ce soir-là était différent. Le cadavre du Picotté lui pesait et l'étranger le rassurerait. Il immobilisa son camion et fit signe de la main à l'homme de s'approcher.

— Allez-vous dans l'bout de Waltham, lui demanda l'étranger ?

— Oui, répondit Valmore. Mais si vous voulez que j'vous emmène, va falloir que vous embarqu'ez dans boête en arriére.

L'étranger, un peu étonné, se dit qu'il valait quand même mieux faire dix milles dans l'inconfortable benne du camion qu'à pied. Il y monta et s'assit, sans le savoir, sur le cercueil de sapin du Picotté. Et le camion reprit lentement son chemin.

Les inquiétudes qui le tourmentaient étant presque envolées, Valmore s'appliqua à la conduite de son camion. Il lui fallut presque une demi-heure pour parcourir la distance qui le séparait de Waltham, car le brouillard s'était tellement épaissi qu'il n'y voyait presque plus. Lorsqu'il atteignit le village, juste à la fourche où la route de l'île aux Allumettes bifurque vers la droite, le passager s'aperçut qu'il était temps pour lui de descendre du camion. Il cogna aussitôt avec force dans la lunette arrière du véhicule pour avertir le chauffeur d'arrêter. Valmore, qui avait complètement oublié la présence de son passager, sursauta. Un frisson d'angoisse et de terreur envahit soudainement son corps qui se couvrit d'une sueur d'effroi. Il jeta un rapide coup d'œil dans son rétroviseur, lequel lui renvoya l'image d'un visage faiblement éclairé par la réflexion des phares sur le brouillard, et dont les traits étaient sinistrement déformés par la buée couvrant la lunette arrière qui le séparait de la benne. « Le vieux Picotté ! » s'écria-t-il en cédant à la panique. Sans la moindre hésitation, il fit basculer la benne du camion, déchargeant ainsi avec fracas et le passager et le cercueil sur la route. Puis il appuya à fond sur l'accélérateur et disparut dans les brumes de la nuit. Le passager se retrouva par terre, le cercueil démantibulé par-dessus lui, une main du cadavre reposant sur son cou. Stupéfait, il repoussa violemment la sinistre boîte mortuaire de laquelle sortit le macchabée. Terrifié par sa découverte pour le moins inattendue, il se releva sans perdre un instant et prit la poudre d'escampette vers le village tout proche.

Ce n'est que le lendemain, au petit matin, qu'un passant découvrit le corps du Picotté qui servait de déjeuner aux corbeaux.

L'extraordinaire secret de Béni Tarantour

Stéphane-Albert Boulais

IL S'APPELAIT Béni Tarantour. On lui aurait donné facilement vingt-cinq ans tant son corps était développé. Il était solide sur jambes, gros de torse, musclé aux bras et au cou, il avait les mains calleuses, la figure agréable, bref, Béni était mâle et conscient d'être beau. Ses yeux bleus, son nez droit, ses joues saillantes, tout cela dégageait de la puissance. Il portait même une moustache fort originale, et ce petit tas de fourrure virile s'amusait à décrire de fougueuses arabesques à chacune de ses extrémités. Béni promenait partout avec succès son apparence d'homme. En réalité, il n'avait que dix-huit ans ou plutôt il allait les avoir à la fin d'octobre de cette année-là.

Les jeunes filles du Blisse se pâmaient toujours sur son passage. Il fallait les entendre : « Quelle allure ! », « Quelle jambe ! », « Moi, ce sont ses épaules ! », « Oh ! moi, si vous saviez ! ». L'été, lorsqu'il s'amusait à faire sauter des cailloux sur l'eau du Crique, souvent elles se cachaient derrière les gros ormes du méandre et l'observaient avec le fou rire. Elles étaient excitées et gênées à la fois. Il faisait semblant de ne pas les voir. Entre deux cailloux, il lissait ses moustaches. Parfois, il se déshabillait. Elles étaient silencieuses. Il plongeait alors dans les eaux accueillantes et batifolait. Ses dures fesses blanches ressortaient à la surface. Les yeux des filles s'attendrissaient. Béni prenait son temps pour sortir de l'eau, mettait lentement son pantalon, puis sa chemise, enfin relissait ses moustaches en regardant, tout sourire, dans la direction des ormes.

Les femmes mariées, elles aussi, ne le détestaient pas. Quelqu'un d'avisé aurait pu lire sur leurs bouches quelques histoires savoureuses.

Bien que d'âge mineur, Béni entrait depuis long-temps à l'*Auberge du Feu* où il buvait sa bière comme les autres. Toutefois, il ne causait pas comme tout le monde. Quand il parlait, on l'écoutait avec attention. D'ordinaire, ses phrases comptaient, particulière-ment celles de fin de soirée dans lesquelles il maniait fort bien la métaphore du genre « Y va faire chaud c'te nuite, la lune pousse la couvarte ! », ce qui en lan-gage ordinaire annonçait clairement une nouvelle conquête.

Le garçon jouissait donc de la grande considéra-tion des femmes et d'une mystérieuse admiration mêlée à l'envie des hommes. C'est qu'en plus d'être séduisant, il avait également des dons d'artiste.

Hélas! si jeune il conquit, jeune il mourut aussi, écrasé par un arbre. Jamais, il n'y eut un enterrement plus couru que le sien. Pas une femme en âge de procréer ne manqua le funèbre rendez-vous. Tout cela, cependant, n'a qu'une relative importance dans l'histoire que j'ai à cœur de vous conter.

Venons-en donc au fait.

Pourquoi Béni s'appelait-il Béni? Telle était la question à laquelle les notables du Blisse, le grand pays des lacs bleus, voulait que je réponde. On faisait appel à moi, Francis Bernard dit l'Instruit, pour résoudre la fameuse « énigme Béni Tarantour », je devrais plutôt dire la « crise bénito-énigmatique », car, avec le temps, c'en était devenu une. Les Blissiens voulaient savoir. Avec les années, ce nom avait pris une dimension mythique. Il n'évoquait plus uniquement un surnom religieux, mais encore quelque miraculeuse vertu. Béni était devenu Béni, c'est-à-dire celui à qui tout était permis et devant lequel même la nature s'inclinait. C'est donc le caractère sacré, voire surnaturel, que les Blissiens voulaient que je sonde pour en révéler l'extraordinaire secret. Je venais tout juste de terminer de longues études en histoire et en archéologie dans une université célèbre du Bas, c'est-à-dire d'Ottawa. À leurs yeux, j'avais toutes les qualités requises pour élucider le problème.

« Désespoir, l'Instruit, y faut que tu trouves coûte que coûte », me dit d'emblée le maire Raoul Delacroix à mon arrivée à l'*Auberge du Feu*. « Le Blisse va fêter son Grand Anniversaire et on aimerait ben mettre dans le livre la vraie histoire. C'est toute une affaire, l'Instruit, toute une affaire ! » « Toute une affaire, en effet », répéta Jœ Villeneuve, fossoyeur et homme à tout faire du village, pressé de placer son mot. « Y a tellement de monde qui s'y sont essayés ! ajouta Noémie Guiral, la tenancière, que j'crois pas qu'on réussisse jamais. » « Vrai ! » lui fit en chœur une tablée de buveurs.

Le maire avait fait les choses en grand. Même le notaire Antoine Vaillant était de la partie. C'est lui qui me fournit les premiers renseignements utiles sur Béni, par exemple le nom de la mère de Béni, Jeanne Chabrol, et le fait qu'il serait vain de chercher la maison des Tarantour parce qu'elle avait été détruite par le feu depuis longtemps. Il me mit en outre sur une première piste. Il avait pris rendez-vous pour moi avec le curé Trefflé Guaichard qui devait mettre les registres de la paroisse à ma disposition.

À huit heures, le lendemain matin, j'étais à la porte du presbytère. « J'suppose que t'es l'Instruit », me dit aussitôt un long homme maigre, aux cheveux blancs roux et à la figure sérieuse. « Entre, les livres sont sur la table de mon bureau. J'sais ce que tu cherches et j'sais aussi que tu trouveras rien. J'connais mes registres. Y a pas de Béni là-dedans. Et puis, si tu veux mon avis, "Béni", c'est du vent ! Ce nom-là est vide. Pas d'énigme. Pas de secret. Tu perds ton temps. Mais comme c'est le notaire qui t'as recommandé, tu peux y aller. »

Je ne connaissais pas bien le curé Guaichard. Certes, je l'avais croisé quelques fois pendant les vacances, mais je ne lui avais jamais parlé. Son allure sévère contrastait beaucoup avec le charme poupon du curé Poireau de mon enfance, lequel, hélas! avait déraillé accidentellement au Kaz en même temps que la grande Maine Bernard, la plus superstitieuse des femmes de ma famille.

Je piochai six jours sur les gros livres dans l'espoir de trouver quelque chose sur Béni Tarantour. Le curé avait raison : il n'y avait pas une seule inscription du nom « Tarantour » ni du nom « Chabrol » dans les registres, et à plus forte raison du nom « Béni ». Mais le sixième jour, en repassant le premier registre, j'obtins quand même un résultat dont je pouvais être assez fier. Je remarquai le nombre étonnant de « faux amis » qu'utilisait le curé Serge Richaud, deuxième curé de la paroisse, pour noter les grands événements du début du village. Des mots comme originel pour original ou amoral pour immoral... Je me dis alors qu'il faisait peut-être la même chose avec les noms de famille. Comme de fait, je découvris qu'avec l'arrivée de ce curé, une partie des Aumond était devenue des Hémon, de même les Chabrol étaient devenus Chabot, et les Lacasse, Lacaille. Je vérifiai alors tous les noms commençant par « T ». Serge Richaud avait transformé Tarantour non pas en Tarantaille mais en Tourangeau, un nom plus convenable au Blisse. Béni Tarantour apparaissait sous le nom de Jean Tourangeau, fils de Jeanne Chabot dit Chabrol, mariée à un certain Maurice Tourangeau. Comme il n'y avait que deux familles de Tourangeau, dont l'une très nombreuse, il m'était relativement facile d'établir clairement la filiation de

Béni, le notaire m'ayant confié que Béni était fils unique.

Mon succès fut cependant éphémère. S'il me permettait de savoir que Béni avait eu une mère fort pratiquante (Jeanne Chabrol était inscrite sur sept actes de baptême et plusieurs listes de neuvaines), en revanche il ne me disait pas davantage pourquoi Béni était Béni.

Les jours suivants, je parcourus le village. Je courus de surprise en surprise. Plusieurs têtes blanches se succédèrent, toutes plus souriantes les unes que les autres. Même les mourantes rirent au seul nom de Béni. J'allai aussi au Cercle des fermières, un après-midi, sur l'invitation de la vieille Carmelle Godin, du surplomb d'Orlo, la présidente. Les femmes devaient y discuter du repas du prochain concours de labours prévu pour le début octobre. Toutes les têtes se tournèrent vers moi au moment où je fis mon entrée. « Pis, Béni ? », firent-elles en chœur. J'y rencontrai l'épouse du maire et celle du fossoyeur. Roxanne Vaillant, la compagne du notaire était là, elle aussi. J'espérais y voir la Mère Gaucher, l'énergique propriétaire du magasin général, mais, à mon regret, on me confia qu'elle serait absente du Blisse pour une quinzaine de jours encore.

Toutes ces rencontres, bien sûr, m'apprirent des choses agréables, mais rien sur ce que je cherchais vraiment.

Le temps passa.

On commença à spéculer au village. On paria sur mes chances de réussite. Noémie Guiral tint les paris.

Et ma cote descendit au fur et à mesure que les jours s'écoulèrent. De deux contre un, je passai bientôt à dix contre un. Dorénavant, quand on me rencontrait, on n'avait plus que les mêmes mots à la bouche : « Pis, Béni ? »

Un jour, alors que je croisais le curé dans le Cordon, il me lança, lui aussi, les yeux tournés vers le ciel, un ironique « Pis, Béni ? » qui me fit perdre le sourire.

Je ne renonçai pas. Une force me disait qu'il devait bien exister quelque part un signe qui me permettrait de pénétrer l'extraordinaire secret. Ma ténacité me fut profitable, car quelques jours plus tard, une drôle de circonstance devait me précipiter sur une piste plus concrète.

Cette journée-là, je marchais devant le couvent. Les enfants couraient et riaient parmi les religieuses. Soudain, un ballon roula entre mes jambes, l'une des sœurs vint le chercher.

— C'est vous qu'on appelle l'Instruit ? me dit-elle encore accroupie.

— C'est exact ! fis-je étonné.

— Je suis sœur Thérèse, la supérieure du couvent. On m'a dit que vous faisiez des recherches sur le village. Puis baissant la voix et sur un ton gouailleur, elle me posa l'incontournable question.

— Pis, Béni ?

— Béni, en effet ! répondis-je en riant.

— Eh bien ! monsieur, j'ai peut-être des choses pour vous ! Si ça vous chante, venez souper avec nous, ce soir.

À six heures, j'entrais au couvent. Trois sœurs étaient à table, dont la supérieure.

— Juste à temps pour goûter à cette délicieuse poulette, dit-elle aimablement.

Elle pointa du doigt la belle volaille fumante qui reposait sur un lit de riz. Les bouches joyeuses étaient en appétit.

Au moment du dessert, sœur Thérèse me dit : « Suivez-moi, monsieur Bernard. »

Nous nous déplaçâmes dans un long corridor vers une chambre. Elle ouvrit la porte. « Notre salle de documentation ! » fit-elle avec une certaine fierté. Ma figure s'éclaira. Sœur Thérèse me regarda, puis ajouta d'une voix amusée : « Je vous fais servir un café et une pointe de tarte aux pommes. »

Pendant qu'on s'apprêtait à me servir, je jetai les yeux sur les rayons. Les murs étaient tapissés de documents. J'étais ravi. Soudain, je pointai d'anciens cahiers d'écolier.

— Nos élèves brillants ! dit sœur Thérèse. Nous avons conservé ces cahiers depuis le début.

Devinant ma demande, elle ajouta :

— Notre bibliothèque est à votre disposition, monsieur Bernard. Vous pourrez venir chaque jour si vous le désirez.

J'oubliai le café et la tarte aux pommes pour me plonger avec délectation dans les livres.

Cette semaine-là, je fis le va-et-vient entre l'auberge et cette salle aux trésors. J'y découvris même un manuel de pédologie de la vallée, remarquable ouvrage sur les sols du Blisse, et un traité d'agronomie, fort audacieux, à l'état de manuscrit. Mais, c'est surtout les cahiers d'écolier qui m'attirèrent. En fait, ils formaient une collection des meilleures compositions de fins d'année des élèves de septième. Certains dataient du début de la paroisse. J'entrepris de les lire tous dans l'espoir d'en trouver un ayant appartenu à Béni. Peine perdue. En revanche, je tombai sur une composition qui m'intrigua. Elle décrivait, d'une façon naïve mais fort belle, une maison et un ruisseau qu'il me semblait connaître. Une phrase surtout piqua ma curiosité :

> Pendant les nuits de la pleine lune, les beaux ormes veillent sur le sommeil de son petit quai sous lequel dorment les nageurs du Blisse. Le jour je m'y baigne. C'est mon ruisseau, c'est ma maison ! J'y suis choyée.

Il n'y avait qu'un seul quai sur le ruisseau où de beaux ormes veillaient sur le sommeil des poissons les nuits de pleine lune, et ce quai était celui de Laura Joie, la vieille institutrice célibataire que je croyais partie de la région depuis longtemps. Je connaissais très bien l'endroit pour y avoir été pêcher souvent la perchaude et le crapet-soleil avec mes camarades du village.

Je cherchai le nom de l'auteur de la composition, mais il n'y avait que les lettres « J. M. J. » en haut à gauche et « J. C. », au-dessous d'elles. Je savais que les lettres « J. M. J. » ne pouvaient correspondre au nom, puisque c'était la formule courante de l'époque pour invoquer, en début de travail, les membres de la

Sainte Famille, Jésus, Marie et Joseph, toujours inscrits dans le coin gauche. Il était plus rare cependant de trouver en dessous « J. C. », c'est-à-dire « Jésus-Christ » (ici, le trait d'union était effacé). Règle générale, l'élève inscrivait son nom en haut à droite. Or, il n'y avait pas de nom à droite dans cette composition. C'était étrange.

Était-ce le cahier d'écolier de Laura Joie ? me demandai-je. Impossible, puisque la date de la composition remontait à une époque où Laura n'était même pas née. Mais alors, qui avait écrit ce texte ? Béni ? Non plus, car c'était la main d'une petite fille qui avait écrit cette composition, du moins c'est ce que laissait croire la grammaire aux accords féminins.

Je mis du temps à comprendre que les lettres « J. C. » ne représentaient pas Jésus-Christ et que j'avais sous les yeux l'indice qui devait me guider vers la solution de l'énigme. Car il n'y avait jamais eu de trait d'union effacé, le « J. C. » de cette composition n'étant nul autre que les initiales du prénom et du nom de la mère de Jean Béni Tarantour, Jeanne Chabrol.

Ce fut pour moi comme un coup de tonnerre. Jeanne Chabrol avait habité la maison de Laura Joie.

Je sortis en vitesse du couvent et je marchai d'un pas rapide vers le Crique. La maison de Laura était située dans le tournant du premier méandre. Je montai l'escalier et frappai quelques petits coups à la fenêtre. Une vieille femme vint ouvrir.

— Ne me dis pas que ce sont mes conserves qui t'amènent ? dit-elle.

— Pourquoi pas ? répondis-je.

L'érable crépitait dans le poêle. Ça sentait les betteraves. Laura marinait.

— Vous ne semblez pas me croire, repris-je après un moment. Vous faites bien, parce que je suis venu au sujet de Béni Tarantour, le fils de Jeanne Chabrol, celui qui est mort tué par un arbre, il y a longtemps. Vous devez l'avoir connu ?

L'œil de Laura se voila.

— Quelque chose ne va pas ?

— Non ! fit-elle en cherchant nerveusement un bocal sur la table.

— Vous en êtes certaine ?

Elle garda le silence pendant un moment, une tristesse se lisait dans ses yeux, puis elle dit :

— Je savais bien que tu viendrais. Comme tout l'monde, j'ai entendu que tu cherchais à résoudre l'énigme, mais j'crois pas pouvoir t'être utile.

Le ton légèrement ému de sa voix m'indiquait qu'elle savait beaucoup de choses. Son aphasie était d'autant plus anormale que cette femme avait été maîtresse d'école. De toutes les personnes que j'avais rencontrées depuis le début de mon enquête, Laura était la seule à ne pas avoir souri pendant l'évocation du nom de Béni Tarantour.

— Je crois même qu'il a vécu dans cette maison ? hasardai-je.

— Vraiment je ne saurais te l'dire, mon garçon. Je suis désolée.

Puis affichant un sourire :

— Veux-tu un pot de betteraves ? Elles sont très bonnes.

Je comprenais que mon petit interrogatoire l'avait bouleversée. J'acceptai gentiment son cadeau en prenant congé d'elle.

Elle parut soulagée de me voir partir. J'avais cependant remarqué tous ses gestes et, particulièrement, son regard furtif vers un anneau qui pendait au plafond de sa cuisine. J'eus alors le fort pressentiment que cet anneau était le signe que je cherchais. Laura Joie cachait quelque chose. Je voulais visiter sa maison. Mais comment faire ? Elle n'accepterait jamais. J'étais tiraillé. Jamais je n'aurais osé entrer sans permission chez les gens. Cette fois, ce fut plus fort que moi. Il me fallait un moment favorable. Trefflé Guaichard allait me le fournir malgré lui. Grâce à la grand-messe. Il prenait une heure et demie pour la chanter.

J'attendis donc au dimanche suivant. À huit heures quarante-cinq, Laura Joie partit pour l'église. Je regardai ma montre. J'avais le temps. Je contournai la maison et j'entrai par une fenêtre de la cave. L'intérieur était silencieux. Je trouvai facilement l'escalier. Dans la cuisine, tout était bien ordonné. Je vis l'anneau qui pendait au plafond. J'étais nerveux. Je le tirai. Une trappe s'ouvrit et une échelle descendit. J'en fixai solidement les montants.

J'étais très tendu. En haut, l'endroit était obscur, une seule petite fenêtre carrelée laissait péniblement passer la clarté du dehors. Les vitres étaient légèrement teintées. La lumière grisaillait les objets.

Je tâtai ce qui se trouva devant moi. Mon œil s'accoutumant à la pénombre, je constatai l'ordre qui régnait dans la pièce. J'étais devant une étagère de vêtements d'homme au-dessus de laquelle des outils de sculpteur, bien accrochés aux murs, entouraient une grosse hache de bûcheron. Cela m'intrigua. Je me retournai et mon regard distingua alors une table sur le mur opposé. Mon cœur battit très fort. Je m'approchai. Plusieurs sculptures étaient disposées sur une nappe, laquelle était surmontée d'une boîte finement ouvragée comme un tabernacle d'église. Je n'y comprenais rien, mais je n'allais pas tarder à savoir. Les sculptures formaient un bestiaire miniature où vivotaient dans le bois une biche, un chien, deux canards, un chat, une pintade. Ces animaux avaient tous la tête tournée vers la porte du tabernacle. Je l'ouvris. Ce fut l'illumination.

Au fond, il y avait l'image d'un beau jeune homme aux longues moustaches, marchant le long du Crique, hache à l'épaule. C'était lui. Au pied de l'image, il y avait un album. Je le sortis, puis j'allai me placer dos à la fenêtre de manière à mieux voir. J'avais l'impression d'être en plein cœur d'un secret. Quelque chose me dépassait. Quelque chose qui me semblait grand. J'avais la sensation de commettre malgré moi un sacrilège. Je pénétrais dans un univers interdit. J'ouvris. Les premières pages de photos couvraient l'enfance de Béni. Il m'aurait été possible de reconstituer la vie de cet être uniquement par ces clichés. Mais il n'y avait pas que des photos. Il y avait aussi des lettres. Sept lettres d'environ quatre pages chacune, toutes écrites à l'encre de Chine, en fins caractères. J'oubliai l'heure. Le temps se suspendit.

J'étais toujours plongé passionnément dans ma lecture, quand j'entendis soudain des pas dans l'escalier de la galerie. Cette fois, mon cœur s'arrêta. Je me précipitai pour aller fermer la trappe du grenier. Dans mon empressement, je tombai en agrippant au passage un objet que je serrai tellement fort que cela me fit mal à la main. Je tirai la trappe juste à temps. Je retins mon souffle. Je pouvais voir à travers la fente du plancher. Laura Joie entrait. Elle avait l'air préoccupée. Elle jeta un regard autour d'elle puis sur l'anneau du plafond, enfin elle se dirigea vers l'évier de la cuisine. Je retenais mon souffle malgré la douleur que je ressentais. J'étais trappé au cœur même du secret d'une personne que j'estimais encore plus depuis que j'avais lu les lettres. J'étais on ne peut plus incommodé. Ma main gauche qui, du reste, tenait toujours l'objet emprisonné entre mes doigts, me faisait mal. Je regardai de plus près. En fait, c'était un pantalon d'homme en serge noire que je tenais à la main. Je le serrais précisément à la hauteur de la pattelette. Mon pouce et mon index touchaient un petit objet dur qui semblait avoir la texture d'une pièce de vingt-cinq cents. C'était la cause de mon mal. Il était enchâssé dans la doublure de la boutonnière. N'eut été de mon geste de précipitation, je n'aurais jamais su que c'était là. Mais qu'est-ce que cela pouvait être ? J'étais tellement intrigué que, pendant un moment, j'oubliai le danger où j'étais. Comme la pattelette était légèrement déchirée, j'ouvris l'étoffe sans faire de bruit jusqu'à ce que la pièce sortît. Il y eut alors un éclair dans ma tête. Je voulus voir d'emblée s'il y avait d'autres pantalons. Je me glissai comme un chat. Il y en avait. Je tâtai. Même résultat. Tout se confirmait. Je comprenais enfin pourquoi Béni s'appelait Béni.

J'étais terriblement excité. Mais comment partir du grenier sans que Laura s'en aperçoive ? Mon cœur faillit sortir de ma poitrine quand j'entendis la voix de Laura Joie dire : « Je sais que c'est pas un rat ! Descends de là, l'Instruit ! »

Quoi faire ? Je ne bougeai plus. Une minute interminable suivit. Je n'avais pas le choix. Finalement, elle ouvrit la trappe. Je descendis dos à la célibataire.

« C'est pas ce que vous pensez », lui dis-je. La vieille dame me regardait avec un sourire triste. J'étais rouge. J'avais lu les lettres, elle le savait. Il y eut un moment de silence que Laura Joie brisa en disant : « T'as faim ? » Je balbutiai : « Non ! Oui ! »

Nous mangeâmes sans parler. Elle savait que je savais pourquoi elle ne voulait rien dire au sujet de Béni. Mais étrangement, ses grands yeux doux posés sur moi semblaient m'offrir ce que je venais de lire. On aurait dit qu'elle faisait de moi le légataire de cette grande passion qui avait été la sienne. Je lui fis comprendre qu'elle pouvait compter sur moi.

Je quittai Laura Joie très tard, sans lui dire cependant ce que j'avais trouvé dans le pantalon en serge noire au grenier. J'avisai qu'il était plus convenable de ne rien lui dire.

Quelques jours plus tard, dans la grande salle de l'auberge, en présence du maire, du notaire et du fossoyeur, de la tenancière et de nombreux buveurs, au terme d'une session intensive d'écriture où j'avais tressé les fils de la vie de Béni Tarantour et de sa mère Jeanne, je fis part de la solution de l'énigme.

— Dis-nous pas que t'as trouvé, l'Instruit ! fit Noémie, moqueuse, en servant à boire.

— Qu'en pensez-vous ? fis-je sur un air de défi.

— Vingt contre un ! répondit-elle.

— Pari tenu.

Je regardai la tenancière puis le fossoyeur, enfin le maire :

— D'abord, commençons par le commencement. Il s'appelait Jean.

— Qui ça ? demanda Jœ.

— Béni, c't'affaire ! lança Noémie. Continue, l'Instruit !

— En fait, il faut d'emblée que vous sachiez que la mère Jeanne Tarantour, élevée dans les plus grandes dévotions pour les saints du ciel, avait longtemps hésité avant de se marier. Son cœur allait franchement aux œuvres d'Église. Jeanne Chabrol possédait l'âme d'une contemplative. Hélas, ses parents l'obligèrent à prendre époux en unissant sa destinée à celle de Maurice Tarantour, homme pieux, mais de santé fragile, qui mourut avant la naissance de son enfant. Jeanne fit alors des neuvaines à saint Joseph, son saint préféré, afin qu'un mâle lui sortit des entrailles. Ses prières furent exaucées. Elle reçut l'enfant comme une bénédiction du ciel. Pour remercier Dieu, elle lui donna le prénom de Jean, le disciple tant aimé, et c'est en souvenir de l'intercession de saint Joseph qu'elle le surnomma Béni. Le petit Jean était béni effectivement, jamais le Blisse n'avait vu d'enfant plus beau.

— C'est tout ? dit Noémie, sceptique.

— Attendez ! fis-je si sérieusement que les rires, qui avaient accompagné les doutes de la tenancière, se turent.

— Au début, le nom « Béni » fit écho à des qualités fort naturelles, mais, avec le temps, il rendit compte d'un phénomène extraordinaire. Car quand Béni eut l'âge de procréer, Jeanne Chabrol trouva une façon durable de le protéger contre les déchéances humaines et les infortunes de la vertu. Un soir qu'il s'était couché plus tôt que d'habitude, elle ramassa tous les pantalons de son fils et défit chacune des pattelettes pour insérer dans leur doublure un petit objet dur.

Noémie Guiral avait perdu son sourire moqueur. Elle était toute attentive.

— Qu'est-ce que c'était ?

— Une médaille !

— Hein ?

— Une médaille de saint Joseph !

— Mais quel rapport ? fit le fossoyeur.

Le maire, le notaire et la tenancière éclatèrent de rire. Ils venaient de faire le lien entre les succès prophylactiques de Béni et la médaille de saint Joseph. J'ajoutai :

— Jusqu'à sa mort, Béni Tarantour transporta avec lui l'effigie bénie du saint homme. Les femmes qu'il rencontra ne surent pas, bien sûr, au moment de succomber qu'elles étaient sous le coup de la grâce, mais toutes se réjouirent que Béni pût recommencer toujours, sans danger, ses manœuvres agréables. Dieu

les préservait, se disaient-elles. Ainsi, le nom de Béni
fut-il le nom le plus tendre et le plus aimé des femmes
du Blisse, sauf d'une femme, à qui Béni avait refusé ses
faveurs, et qui, inconsolable, même après la mort du
bien-aimé, n'avait pu trouver mieux que d'aller vivre
dans la maison où dorment sous son petit quai les
nageurs du Blisse.

— Qui ça ?

— Ça, c'est mon secret, monsieur le maire, et une
autre histoire. Un jour, peut-être, pourrai-je la raconter.

On me félicita, le maire plus que les autres en portant ce toast mémorable :

— Désespoir, l'Instruit, le Blisse a besoin d'autres
vies célèbres !

— Pourquoi pas ? me suis-je surpris à répondre.

— Et la médaille ? demanda la tenancière.

— Tenez, regardez vous-même, lui dis-je en la sor-
tant d'une poche de mon pantalon.

Elle examina le petit objet avec l'œil d'un saint
Thomas.

La soirée s'allongea agréablement. À minuit,
j'allai me coucher.

Au fait, j'ai toujours en ma possession la médaille
de saint Joseph. L'œuvre est d'une bonne facture. Sur
l'avers, la tête barbue du saint est bien dégagée ; sur
l'envers est gravée cette petite phrase : « Béni soit-il ! »

Le branché

Pierre Bernier

IL DEVAIT bien être quatorze heures trente lorsque le chasseur découvrit l'empreinte toute fraîche de l'imposant sabot. L'orignal le précédait de quelques minutes à peine. D'après la trace, il marchait flanc gauche au vent. L'homme se risqua à le suivre.

Là, la trace bifurquait vers un taillis où il n'avait jamais mis les pieds. Il supputa ses chances : continuer à suivre l'élan sur une partie inconnue du territoire ou attirer la bête à lui ? Il choisit la deuxième option et chercha un endroit où s'embusquer.

La petite vallée sise dans les Montagnes Noires n'offrait aucun promontoire. Il s'installa donc dans un creux naturel d'un peu moins d'un mètre de profondeur, entouré d'une végétation rabougrie. Un gros arbre desséché gisant sur le sol masquerait sa présence du côté le plus dégagé. Pour éveiller la curiosité de l'orignal, il employa la tactique des branches cassées. Il en rassembla une dizaine, de différents diamètres, les plaça à sa portée, se saisit de la plus grosse, la plaça en diagonale entre le rebord et le fond du trou et projeta son pied dessus de toutes ses forces. Il y eut un craquement sec suivi du bruit sourd que fit sa botte en heurtant le sol.

Il s'assit au fond de la dénivellation, encocha sa flèche et déposa son arc sur ses genoux. L'attente commença.

Durant le guet, le crachin qui persistait depuis deux jours cessa. Le vent commença à tourner au nord. Le jour, toujours très court en cette saison automnale, baissa. Après un certain temps, il s'empara d'une branche plus petite que la précédente et la cassa avec ses mains. Nouvelle attente.

Soudain, il entendit s'effondrer ce qui semblait être un vieux tronc d'arbre. Quelques instants plus tard, un peu plus à droite, un tamia effarouché siffla. Nul doute, le petit rongeur venait d'être dérangé et avertissait ses semblables. Le mastodonte s'approchait dans la plus grande défiance. S'il s'avançait directement les naseaux au vent, il pourrait détecter l'odeur de l'homme plus tôt mais, en contrepartie, il se présenterait rapidement à découvert. Par contre, s'il s'approchait sous le couvert pour éviter d'être vu, il risquait de ne pas sentir l'intrus à temps.

Un autre tamia cria. La progression de l'élan permettait de croire qu'il sortirait du boisé juste à portée de flèche, avant que son odorat puisse l'alerter.

Le chasseur crut soudain déceler un mouvement furtif dans les buissons derrière lui. Il se retourna, examina les bosquets, ne vit rien et, convaincu qu'il s'était trompé, reporta toute son attention sur son gibier.

L'orignal écrasa une grosse branche sous son sabot. Il voulait savoir à qui il avait affaire. Un mâle prêt à se battre ? Une femelle dans ses chaleurs ? Ou quoi d'autre ?

Il eut encore la désagréable impression d'une présence derrière lui. Il se retourna à nouveau, scruta le boisé d'un regard inquisiteur, ne détecta rien et reprit son guet.

L'ombre du soir montait rapidement dans l'encaissement. Le vent, qui avait continué de tourner, allait bientôt souffler directement de l'homme vers l'élan. Il jeta un coup d'œil à sa montre : dix-huit heures treize. Il ne lui restait plus qu'une dizaine de minutes avant l'heure légale de fermeture de la chasse. Et ce maudit orignal reprenait une position stratégique.

Jusque-là, il avait plutôt fait preuve de patience, mais il lui fallait maintenant jouer le tout pour le tout. Il sortit un contenant de l'une de ses poches, le déboucha et versa de l'urine de jument en chaleur à ses côtés. Quand la bouteille fut vide, il la posa par terre, porta ses deux mains à son visage, formant un cornet autour de sa bouche, et émit le meuglement de soumission de l'orignal femelle.

Quelques secondes passèrent puis la bête puissante s'ébranla. Au son, il évalua la distance : cent mètres.

L'orignal fouettait les jeunes arbres de ses bois sur son passage. Il allait apparaître d'un moment à l'autre. Le chasseur l'entendit renâcler. L'animal n'était plus qu'à environ quarante-cinq mètres et allait sortir dans quelques secondes. Il empoigna son arc, prêt à se redresser.

Soudain, la bête obliqua, grimpa au flanc de la montagne dans un bruit de galopade, s'éloigna et plus rien. « Qu'est-ce qui a bien pu faire changer son parcours de façon aussi subite ? » se demanda-t-il.

La noirceur avait peu à peu envahi la vallée. Un silence inhabituel s'installa. La forêt entière fut sur le qui-vive. Il pressentit un danger. Ses yeux inquiets fouillèrent chaque parcelle de terrain. Il allait se lever pour retourner à sa camionnette lorsque des hurlements très rapprochés s'élevèrent tout autour de lui.

Il fut saisi d'effroi. Il avait tout prévu, sauf les loups. Il était seul et n'avait pas d'arme à feu pour les éloigner. Les hurlements lugubres redoublèrent et il entendit les loups les plus proches écraser des feuilles sèches et des brindilles sous leurs pattes. La meute hargneuse l'encerclait et se préparait à l'attaque.

Le premier moment de frayeur passé, l'instinct prit le contrôle total de ses actes. Il bondit hors de son trou et se mit à crier aussi fort qu'il le pouvait. « Les loups n'attaquent jamais l'homme » s'efforçait-il de se convaincre. Et tandis qu'il s'égosillait et que son regard balayait l'étendue devant lui, il sortit son poignard de son fourreau et sa hachette à débiter le gibier de son sac à dos.

Le premier arbre assez haut et fort pour qu'il puisse y grimper se trouvait à quelque trente mètres et deux loups hurlaient entre lui et cet abri possible. Il détala dans cette direction, criant toujours, courant à toutes jambes, surveillant les taillis autour de lui. Les hurlements se turent quand il atteignit le fourré où les loups lui coupaient la retraite. Il se lança dans ce bosquet, bondissant comme il ne s'en était jamais cru capable, criant sans cesse. Un sinistre grondement monta tout près de lui dans la végétation épaisse.

Il rassembla toutes ses forces et fonça avec l'énergie farouche du désespoir. Il arriva à l'arbre, mit son couteau à la hâte dans son fourreau, laissa tomber la hachette, sauta le plus haut qu'il put et referma puissamment ses bras et ses jambes autour du tronc colossal de la vieille épinette dont la première branche se trouvait à cinq mètres du sol.

Il n'arrivait pas à joindre ses mains de l'autre côté du fût. Il tira le buste vers le haut à l'aide de ses bras, monta ensuite vivement les jambes avant de les refermer encore en y appliquant toute sa puissance. La pression qu'il devait exercer pour grimper lui étirait douloureusement les muscles et chaque mouvement lui faisait l'effet d'une dislocation.

Après d'interminables secondes, il toucha enfin les premières branches. Ces dernières étaient petites, sèches et peu fiables. Il continua de se hisser jusqu'à ce qu'il se sentît en aussi bonne posture que la situation le permettait, dans une position de demi-repos et de quasi-sûreté.

Entre-temps, la nuit s'était jetée sur la forêt. Les loups étaient-ils encore là ? Sûrement pas loin, puisque tout s'était déroulé en moins d'une minute.

Sa raison se remit à fonctionner et il se demanda s'il serait sage d'attendre quelques instants, puis de redescendre et de retourner à son véhicule. En aurait-il le courage ? « Après tout, les connaisseurs s'entendent pour dire que les loups n'attaquent jamais l'homme » se répéta-t-il pour se convaincre. « La meute s'est méprise et m'a simplement confondu avec un orignal. Les bêtes ont dû s'éloigner maintenant. Si je m'y mets, en moins de trente minutes je retrouverai mon véhicule. Oui, mais ceux qui ont été attaqués par ces maudits animaux ont-ils jamais eu la possibilité de raconter leur histoire ? »

À cette pensée, les hurlements sinistres et le grondement hargneux qui avaient ponctué les derniers instants résonnèrent dans son crâne.

Les minutes s'écoulèrent. À mesure que l'homme se calmait et qu'il examinait ce qu'il devait faire, d'autres questions se posèrent. Pourrait-il retrouver la camionnette en pleine nuit sans sa lampe de poche ?

Il se souvenait maintenant avoir laissé son sac à dos contenant tous ses accessoires de première nécessité à l'endroit où il s'était embusqué. Puisqu'une nuit plutôt claire s'annonçait, ne pourrait-il pas retourner prendre son sac et son arc, allumer sa lampe et se hâter de sortir de la forêt, tout en se parlant à voix haute pour se donner du courage et pour éloigner les bêtes maléfiques ?

Toujours haut perché, il analysait ainsi la situation quand les loups se firent entendre de nouveau. Du coup, il se dit qu'il n'était pas vraiment urgent de prendre une décision.

Encore s'il avait ses allumettes ! Il retournerait au sol, ferait un feu et attendrait les secours. Mais elles aussi se trouvaient dans son sac à dos.

Il décida donc de patienter. Après tout, on viendrait le secourir puisqu'il avait informé ses fils et son vieux compagnon de chasse de l'endroit où il se trouverait ! Il déboucla la ceinture de grosse étoffe qui ceignait son corps et attacha son poignet gauche au tronc pour éviter de tomber.

Il s'accrochait à son arbre depuis un bon moment lorsqu'il commença à s'impatienter. Quelle heure pouvait-il bien être ? Il résista longtemps à la tentation de regarder sa montre, mais à la fin, sa volonté flancha. Il se redressa malgré ses muscles endoloris et releva la manche de sa veste.

Une heure de la nuit. Cela faisait six heures et demie qu'il s'était branché. « Maudit tabarnak de ciboire de kriss, qu'est-ce qu'ils font ces trous d'cul ? » ragea-t-il.

Pour la première fois, son moral fut affecté. Un grand frisson parcourut son corps courbaturé. Le ciel s'était entièrement dégagé. Un quartier de lune, des milliers d'étoiles et le froid avaient remplacé l'humidité et les nuages des derniers jours. La température était passée nettement sous la barre du zéro et il était évident qu'elle allait continuer de descendre jusqu'au petit matin. Quand un second frisson le secoua tout entier, il comprit qu'il lui faudrait maintenant veiller à combattre le gel et l'ankylose.

Péniblement, il changea de position, serra bien sa ceinture dans ses deux mains, tira violemment pour tester les nœuds et, rassuré, laissa son corps glisser dans le vide, entièrement suspendu à sept mètres du sol.

Il tendit ses jambes engourdies, les agita vigoureusement pour y faire circuler le sang, tira ses pieds, ses mollets et ses cuisses à s'en faire mal, comme s'il voulait toucher le sol des orteils, et fit aussi une dizaine de tractions, son visage remontant chaque fois à la hauteur de ses mains. En faisant travailler tous ses muscles, il parvint à se réchauffer. À la fin, il s'immobilisa une trentaine de secondes pour bien s'étirer, et reprit sa position initiale.

La lune répandait un faible éclairage et il pouvait maintenant voir à une certaine distance. Il examina les environs. Rien n'attira son attention. Puis ses yeux se posèrent pour la centième fois sur le sol immédiatement sous lui et il se demanda comment il avait pu grimper si haut et si vite à ce tronc massif.

Les exercices lui avaient fait du bien. Quelque peu ragaillardi, il reprit espoir. Les secours allaient arriver bientôt. Oui, les gars allaient bien arriver sous peu ! Le contraire lui parut impossible.

Il tendit l'oreille, anxieux de détecter parmi tous les bruits de la nuit celui d'un véhicule sur le vieux chemin défoncé ou celui d'un coup de feu annonciateur. En vain.

La bande carnivore, à la poursuite de quelque nouvelle proie, déchira encore le silence de sa clameur macabre.

« C'est ça ! attends dans ton arbre mon bonhomme ! » pensa-t-il.

Le temps continua de passer. Depuis qu'il avait pris connaissance de l'heure une première fois, il consultait sa montre de plus en plus fréquemment : d'abord aux demi-heures, puis aux vingt minutes, puis aux dix minutes.

Le froid, l'inconfort et l'engourdissement le forçaient à recommencer ses exercices entre ciel et terre de plus en plus souvent. S'il en éprouva du bien les premières fois, l'épuisement le gagna toutefois petit à petit.

À plusieurs reprises, il avait presque décidé de descendre de son juchoir, d'aller reprendre son arc et ses effets et de se diriger hardiment vers la camionnette. Chaque fois, la prudence, ou la trouille, avait été la plus forte.

Lorsqu'il vit que les aiguilles de sa montre indiquaient très précisément quatre heures dix-sept minutes, un sentiment de résignation lui tomba dessus comme une masse. Convaincu qu'il devait attendre le lever du jour sur son nichoir, il se concentra désormais entièrement à oublier la douleur qui le tenaillait des pieds à la nuque.

Une première lueur s'étira enfin à l'est. Un orignal femelle en chaleur lança un long meuglement pour inviter quelque mâle à venir assurer la pérennité de l'espèce.

Une fois l'horizon entièrement embrasé, il amorça son retour sur terre. Ses mains gelées le faisaient souffrir. Il eut une difficulté extrême à bouger ses doigts et à dénouer les nœuds de la ceinture. Quand il y arriva, il se dégagea des branches où il avait trouvé refuge et se laissa descendre lentement le long du tronc en se retenant avec le peu de forces qui lui restaient. Chacun de ses mouvements était un nouveau supplice.

Il toucha enfin le sol. Ses jambes molles pouvaient à peine le porter et il faillit tomber. Il se retint juste à temps. Il fit quelques pas vacillants autour de son arbre, question de retrouver son synchronisme puis, à peine rassuré, il retourna d'une démarche incertaine vers l'affût d'où les loups l'avaient délogé. Là, il recouvra son arc et son sac à dos. Il s'imposa ensuite un détour pour voir l'endroit où l'orignal avait soudain changé de direction.

Il trouva facilement les marques des sabots profondément imprégnées dans le sol, regarda en direction de sa cache et constata avec dépit qu'il y avait moins de vingt mètres entre elles et l'éclaircie où il avait attendu la bête.

Désabusé, fourbu, il tourna les talons et s'engagea sur le chemin du retour. La marche fut une torture. Lorsqu'il arriva enfin à sa camionnette, il pensa que son calvaire était enfin terminé. Mais il déchanta vite. Il eut un mal inimaginable à faire jouer la serrure de la portière, à s'asseoir et à faire démarrer le moteur parce que ses mains raidies refusaient de lui obéir. Quand ce fut fait, il régla la chaleur au maximum et mit la voiture en route.

Le voyage jusqu'à son domicile du Lac Cœur fut pénible. Tous les changements de vitesse et tous les chocs provoqués par les ornières et les nids-de-poule étaient autant de coups de bâton appliqués sur tout le corps. À deux reprises, il faillit se retrouver dans le fossé parce que la chaleur le portait au sommeil.

Il parvint enfin chez lui. Là, deux véhicules de patrouille ainsi que la camionnette de son voisin immédiat étaient rangés dans la cour. Il klaxonna. Ses deux fils sortirent aussitôt en courant et en gesticulant, suivis des policiers et du voisin. Il ne sut que les regarder tous, l'air hébété, et murmurer : « Les loups. »

Les policiers lui demandèrent s'il était blessé et s'il avait besoin de voir un médecin. Le regard de pitié que lui jetèrent ses interlocuteurs lui indiqua à quel point il semblait misérable. Il prit une grande respiration et murmura : « Ça va, merci. » Les agents lui dirent qu'ils communiqueraient avec lui le lendemain pour terminer leur rapport et quittèrent les lieux. Le voisin les suivit.

La route avait drainé ses dernières énergies. Souffrant, épuisé, il fut incapable de sortir du véhicule par ses propres moyens. Ses fils durent l'en extraire et le soutenir jusque dans la maison. Là, ils le déshabillèrent et lui firent couler un bain très chaud où il se plongea longuement. Une fois essuyé, il enfila sa robe de chambre et retrouva ses garçons dans la cuisine. Un café fort et fumant l'attendait.

Il fit signe d'aller chercher la bouteille de brandy trônant dans l'armoire vitrée. Il en versa une généreuse portion dans son café et but avec une satisfaction bien

évidente. Ses fils entreprirent de lui poser des questions et il leur conta sa mésaventure.

Au cours de cette conversation, il comprit par
quel concours de circonstances il n'avait pu être
secouru. Puisqu'il n'était pas revenu vers dix-neuf
heures trente comme prévu, les fils avaient cru que la
chasse avait été fructueuse ; le père était sans doute
passé prendre son compagnon de chasse habituel, tel
qu'entendu, et les deux hommes devaient être dans la
forêt, en train de débiter l'animal et de préparer le
transport de la carcasse.

Vers vingt heures trente, pour en avoir le cœur
net, le cadet avait téléphoné chez ce compagnon. Il
n'avait pas eu de réponse et cela avait convaincu les
deux frères de la justesse de leur déduction. Ils étaient
donc allés au lit, l'âme en paix.

En se levant vers six heures le lendemain, l'aîné
avait aussitôt jeté un coup d'œil dans la cour, certain
de pouvoir admirer une tête d'orignal ornée de bois
majestueux. La camionnette ne s'y trouvait pas. Il
avait couru à la chambre du père et l'avait trouvée
vide. Très inquiet, il avait aussitôt téléphoné chez
l'ami de son père sans obtenir de réponse ; il avait
réveillé son frère et le voisin à la hâte, puis, il avait
alerté les policiers.

La discussion entre le père et ses fils ne dura pas
longtemps. Bientôt, l'épuisement et le brandy eurent
raison de lui et il alla se coucher. Il dormit d'un sommeil ininterrompu jusque vers dix-sept heures. Il
n'avait rien mangé depuis une trentaine d'heures. Il se
leva, se traîna jusqu'à la cuisine, mangea avec appétit,

veilla quelques heures, reparla encore de l'affaire avec ses fils et retourna tôt au lit en clopinant.

La nuit fut cauchemardesque. Les suivantes aussi. Des visions de loups voraces le poursuivant la gueule grande ouverte et les crocs dégoulinant de bave hantaient désormais son sommeil. Il se réveillait plusieurs fois, fiévreux, le souffle court et les yeux exorbités. Parfois, il criait dans son délire.

Un mois environ après son séjour dans l'arbre, il se réveilla en sursaut, agité, tendant l'oreille. Assis dans son lit, il pensa d'abord que les loups qu'il venait d'entendre hurler étaient, encore une fois, nulle part ailleurs que dans sa tête. Mais il dut se rendre à l'évidence : des loups hurlaient dans la forêt environnante.

Bien qu'effrayé, il ne put s'empêcher de se lever, de s'habiller et de sortir sur le balcon pour mieux entendre la meute élever sa voix dans l'air frisquet de cette fin de novembre. Les hurlements étaient assez rapprochés.

Tout son corps fut parcouru de longs frissons. Il rentra au chaud et regarda l'heure : deux heures dix. Il vint se coller le visage contre la fenêtre et ses yeux cherchèrent à percer le mystère que recélait cette noirceur opaque.

Quand ses fils se levèrent ce matin-là, ils virent d'abord que l'arc du paternel n'était plus accroché au mur. Puis, ils trouvèrent une note sur le coin de la table : « Trop de choses se combattent en moi dans la noirceur. Parti les mettre face à face dans la vaste forêt. Dois les regarder se battre comme deux orignaux géants tout le temps que ça prendra. Besoin de personne. Personne. Salut! »

3. Labyrinthes

Mortes mémoires

Jean-Pierre Daviau

I L MARCHAIT solitaire avec le bruit de ses souvenirs. Il ne s'appartenait plus. Absent à lui-
même, un manque angoissant et un vide
grandissant l'accompagnaient, aussi fidèles que la
pleine lune à ceux qui avancent dans la nuit vers une
direction qu'ils ignorent.

Les yeux fixés au sol, les mains dans les poches, il
se dirigeait vers le sentier Larriault que joignait à cet
endroit le chemin de la Montagne. À ce point, il se
laissa distraire par un goéland. Il se sentit encore plus
seul. Avec effort, il revint en pensée vers son but
jusqu'à ce que la sensation de vide passe. Le symbole
de l'oiseau et la vacuité même quittèrent son esprit.

Yeux fixes, il regardait ses pieds se poser tour à tour fermement sur le sol coussiné de feuilles mortes. Il avançait vers nulle part, observant dans le silence des pierres le manque qui naît chez ceux qui refusent les eaux du changement où tout se dissout ; le mouvement libre des gens et des choses. Il se fuyait dans une perspective illusoire.

Yeux fixes, sa vision lui semblait floue. Les sons et les odeurs se perdaient dans l'espace. Les couleurs devenaient texturées. Les souvenirs défilaient comme le sol sous ses pieds. Des attachements profonds, des désirs refirent surface : sa mère, l'enfance où il avait aimé marcher avec insouciance le long du grand fleuve tranquille. Il se revoyait enfant, mais il avait oublié les mots qui nommaient son passé.

Seule la terre sous ses pieds formait son univers.

Tête penchée, il remontait le long du ruisseau dévalant l'escarpement, dont la pente de plus en plus raide s'érigeait comme un mur. La brume matinale masquait les souches des arbres. Comme elles, ses mémoires s'estompaient. Des images apparurent dans son esprit : un nénuphar, une méduse, des fleurs hydroponiques. Il sentait à peine son corps.

Il remontait.

La présence d'une cascade sur sa gauche le fit réagir. Il fut émerveillé de la sentir couler en lui, silencieuse comme un cristal vivant. Il ressentit une joie profonde, une force, son corps lui sembla plus léger. Il ne sut plus qui il était, son âge, sa douleur, la perte des siens. Il se tenait là. Sans raison apparente, il reprit son sentier, observant l'eau glisser entre les pierres, pénétrer dans la terre aussi loin que le vert des herbes le laissait savoir.

Sous l'ombre des petits ponts de bois, sur un lit de sable fin, le ruisseau bruissait à ses oreilles, dansait dans son esprit. La dénivellation s'amenuisait. Serpent collé à la terre, l'eau glissait silencieusement. L'homme, plein d'espoir, avait maintenant l'impression de planer sur le sol spongieux. Les arbres courbés, frôlant la surface de l'eau ou ondulant verticalement, oblongs dans les pentes, laissaient transparaître dans la forme de leurs troncs un ordre universel qui leur faisait rechercher la lumière et l'espace ; liés l'un à l'autre comme pour s'entraider, générant des stolons pour se nourrir à de vieilles souches, spiralant deux à deux, androgynes, par endroits sinueux, en d'autres lieux anguleux, suivant les terrains et les aléas des cycles naturels, une génération succédant à l'autre selon un ordre complexe de croissance, d'échanges, de croisements infinis, obéissant à une loi insondable, à une vaste poussée vitale à laquelle ils se soumettaient, et de là, ils s'élevaient. Leurs noms lui étaient familiers, mais son esprit avait oublié leurs sens.

L'homme traversa un petit tunnel qui passait sous une route asphaltée et s'engagea sur le passage pavé qui conduisait aux ruines historiques. Des bouts de murs reconstruits, dont certains provenaient d'une ancienne abbaye, des portes ouvertes sur le silence, des espaces à demi-clos que traversait le sentier donnaient un air mystérieux. Il y vit les fenêtres de pierres qui, comme des yeux vides, scrutaient les monts environnants. Il s'assit, abêti, sur un banc de parc à proximité.

Il vit s'approcher un enfant surgi de nulle part. Un petit de dix-huit ou vingt mois. Il courait vers lui, joyeux de découvrir un monde neuf ; l'homme était ailleurs, en lui-même, plus émerveillé encore. Tout sourire, l'enfant s'accrocha bientôt à son pantalon, tenta de fouiller dans ses poches, de monter sur lui. Impuissant, il s'assit par terre et observa le sol jusqu'à ce que l'homme trouve enfin la force de le prendre dans ses bras. Tout recommença : tantôt les doigts dans le nez et la main dans le cou, tantôt dans les poches ou tirant les oreilles. L'individu demeurait silencieux, immobile. L'enfant le devint. Ennuyé, il aperçut une femme qui marchait plus haut sur le coteau et il trottina vers celle qui arborait un grand sourire.

L'homme regarda cette dame étrange. Empreinte de sérénité, elle semblait émerger du lieu. Très élégante, très calme, la nouvelle venue prit l'enfant dans ses bras ; il posa la tête sur son épaule. Était-ce sa mère ? Elle paraissait détachée de lui mais très attentive. Aussi belle que la terre, elle descendit le sentier et passa devant le banc où il se tenait assis. L'homme observa son regard paisible, engageant. Il ressentit une gêne inexplicable. Pressentant que cette femme le connaissait déjà mieux que lui-même, il la suivit des yeux jusqu'à ce que le soleil levant l'éblouisse. Il ne put savoir par où elle s'en était allée.

Las, il vit en lui-même des racines éparses flottant comme des algues dans un espace sous-marin.

Il eut peur...

Ce serait une de ces journées sèches, ensoleillées, qui détendent le corps, l'ouvrent aux sensations et portent l'esprit vers l'extérieur. Elle apparut par la porte de Diane, poursuivant son rêve d'éternelle jeunesse. Elle semblait posséder la terre au milieu des feuilles colorées de l'automne qui avivaient les verts encore présents du gazon. Complice, son œil caressait les couleurs vives des dernières fleurs, les teintes discrètes des rocailles, la matité de la pierre. La Survenante était réconfortée par la chaleur qui s'étalait et vibrait en faisant entrer dans sa danse la froidure du matin. Elle s'étira de tout son corps et son aura combla l'espace du domaine. Les oiseaux se turent et le bruit des feuilles s'atténua... Le vent tournait. Elle connaissait bien le destin des humains et celui du propriétaire qui avait autrefois langui dans ce domaine. Atterré par la mort de sa mère, il s'y était réfugié et avait fait transporter ces ruines d'autres lieux pour faire de cette forêt un jardin. Déprimé, il mit longtemps à guérir. Un pressentiment mit fin au cours de sa pensée et elle marcha vers le bas du coteau. C'est là qu'elle vit un enfant venir à elle.

Elle le prit dans ses bras et constata qu'un homme assis sur un banc de parc l'observait. Il était alourdi par le temps et son regard fuyait. Elle aperçut la mousse des pierres, les feuilles flottant dans le vent et, suivant le parfum de l'automne, elle oublia l'individu et retourna vers la porte de Diane.

Au réveil, ébloui, les environs lui parurent d'une beauté incomparable. Il observa les arbres immenses, l'espace... Surpris de sa propre vigueur, enjoué, il voyait tout d'un œil neuf, créateur. Comme une impression de déjà vu, il aperçut, pareil à un géant, un homme âgé couché sur un énorme banc. Il tenta de le réveiller, attendit un peu, fit le tour du banc, empoigna son pantalon, tira sur sa main qui sortit de la poche et pendit vers le sol ; il lui agrippa les cheveux, sourit, puis ennuyé par sa fixité, oublia le dormeur et trouva en s'éloignant une femme d'aspect plus accueillant...

Sereine, elle le prit dans ses bras. Il appuya sa tête sur son épaule et ferma les yeux de ravissement.

Grisaille

Jocelyne Fortin

L A FENÊTRE est toute grande ouverte…
Comme une plaie béante. Comme cette
douleur que je n'arrive plus à guérir, à
refermer. Ça fait cinq mois, jour pour jour, qu'Olivier
est parti. C'était au commencement de l'été, quand il
faisait chaud, quand il faisait multicolore. Ça fait cinq
mois que le temps a irrémédiablement viré au gris.

La fenêtre est toute grande ouverte.

Des nuages lourds et étanches calfeutrent le ciel,
des nuages épais, comme chargés de cendres et de
poussières. Ils sont si bas que la fumée des cheminées
s'y écrase. Il va sûrement pleuvoir… ou neiger. Pas un
seul oiseau ne traverse le ciel ; ils sont tous partis. Eux

aussi… Pas une seule tache de couleur dans ce décor morbide. Rien que du gris. Du gris partout. D'ailleurs, le gris de l'air pollué se confond avec le gris des tours de la Place du Portage. Les maisons ternes juchées sur des socles de ciment alternent avec les édifices en béton. Le centre-ville ressemble de plus en plus à un cimetière pour géants.

La fenêtre est toute grande ouverte.

Bien sûr, tout de suite après le départ d'Olivier, j'ai connu les ténèbres. Puis la grisaille s'est installée. Mais, dans cette grisaille, ma peine reste intacte, ma tristesse n'arrive pas à se diluer. Au début, mes amis m'ont enveloppée de leur présence. Ils m'ont écoutée plus de cent fois raconter ma souffrance. Petit à petit, leur compassion s'est muée en lassitude pour ensuite se changer carrément en exaspération. Avec le temps, j'aurais dû en vouloir à Olivier de m'avoir abandonnée. S'il était mort, j'aurais eu le droit de pleurer plus longtemps, de me laisser abattre, de sombrer dans la dépression. J'aurais aussi eu le droit de parler en bien de lui et d'évoquer nos plus beaux souvenirs. J'aurais eu le droit de le regretter. Mais voilà, Olivier m'a quittée pour une autre femme. Et il faudrait qu'en plus d'être blessée, je me révolte contre lui. Il faudrait que je me taise ou bien que j'en parle comme on parle d'un ennemi. Il faudrait même que je le déteste. Personne ne me comprend. Je suis seule.

La fenêtre est toute grande ouverte.

On me demande de regarder dehors. On me pousse à sortir. On m'exhorte à suivre des cours, à fréquenter les salles de danse et les centres sportifs, à me joindre à toutes sortes d'associations et de clubs. Qui sait, je pourrais y faire d'intéressantes rencontres ? On m'oblige à m'amuser. On me force à sourire. On m'a même offert un chat pour mon anniversaire. Olivier détestait les chats. Avec lui, m'a-t-on précisé, je n'aurais jamais eu le plaisir d'en posséder un. Comme si un chat pouvait remplacer Olivier ! En désespoir de cause, on me vante ma liberté retrouvée.

La fenêtre est toute grande ouverte.

Il fait froid. Et j'ai froid. J'ai froid jusqu'aux os, jusqu'au creux du ventre. J'en frissonne. J'en tremble. Je n'y peux rien. Me fermer au monde, m'isoler de la vie, pour m'empêcher de grelotter.

La fenêtre est toute grande ouverte.

Quinze mètres plus bas, il y a le trottoir. Avec son asphalte plus gris que ce matin de novembre. D'un gris foncé comme une ombre. D'un gris foncé comme la nostalgie. Du même gris intense que les yeux d'Olivier avant l'amour. Les yeux d'Olivier qui me regardent encore, qui m'appellent, qui m'invitent à y plonger, à m'y noyer...

Et la fenêtre est toute grande ouverte.

L'île aux amours

Nicole Balvay-Haillot

CETTE SAINT-SYLVESTRE serait l'apothéose de sa vie. Elle voulait s'y préparer avec un soin particulier. Elle se fit couler un bain de mousse bleue, s'y prélassa pendant des heures, s'enduisit de la crème parfumée qu'il préférait, choisit les vêtements qu'elle avait portés lorsqu'ils s'étaient rencontrés il y avait un an jour pour jour, brossa délicatement sa chevelure auburn, cacha d'un geste expert sa mèche blanche, se regarda sans complaisance dans le miroir et rit au souvenir de ce couple enlacé qu'elle y avait vu naguère, un homme encore jeune et une femme qui ne l'était plus. « Au fond, j'ai eu de la chance. À cinquante ans, je me suis offert un jeune homme ou presque. C'était beau, trop beau pour y croire. »

Elle se servit un verre de porto, s'installa sur le sofa dans la pénombre. Comme ils s'étaient aimés dans ce petit nid d'amour ! Dans la tache de lumière qui inondait le tapis devant la baie ouverte sur le ciel, sur la chaise de cuisine où un à un elle lui enlevait ses vêtements pour mieux le faire sombrer dans l'extase, sur les coussins du sofa quand le froid les avait rendus frileux et qu'elle avait pu meubler son nid.

Un nid habité de rêves amoureux. Lorsqu'il la quittait, elle le gardait en elle, humant son odeur mâle sur sa peau et son sexe. Lorsqu'elle l'espérait, elle sentait un picotement lui chatouiller le ventre jusqu'à l'exaspération. Alors, elle écrivait des poèmes qu'elle lui murmurait à l'oreille avant ou après l'amour, selon son désir.

Dehors, le froid la surprit. Elle roula sans but précis, se rendit compte qu'elle était revenue dans son ancien quartier sur les hauteurs de Hull. De loin, elle vit son mari et une inconnue descendre de voiture. Elle accéléra de peur qu'il la voie.

Elle l'avait quitté au début de l'été. Elle ne voulait pas, lui avait-elle expliqué, fêter ses cinquante ans et son vingt-cinquième anniversaire de mariage avec un homme devenu comme un frère. Elle se sentait prête pour un avenir nouveau. Elle avait parlé de routine, de train-train, mais n'avait soufflé mot de ses jeunes amours et de sa soif de vivre. Il n'avait pas protesté.

Elle avait dit à ses fils qu'elle leur avait consacré le meilleur de sa jeunesse, qu'il était temps qu'elle songe à elle puisqu'ils étaient en âge de la quitter. Et puis, avait-elle ajouté, une mère reste une mère, même si elle quitte le père de ses enfants. Ils avaient fait comme s'ils avaient compris.

« Pas de regret, se dit-elle, tout est bien ainsi. Pas envie non plus de faire marche arrière. »

À Aylmer, elle ralentit devant la maison de son amant, fouilla du regard la fenêtre du salon à la recherche de sa silhouette, ne vit que le sapin de Noël illuminé et deux petites filles qui jouaient sur le tapis. Son cœur se serra.

Au Sheraton, elle eut l'idée de s'arrêter. Installée dans un fauteuil mœlleux, elle s'abandonna à la musique, tout au souvenir de celle sur laquelle elle était tombée amoureuse un an auparavant. Comme ils avaient aimé danser ensemble ! Ils en avaient oublié le reste du monde ! Il lui sembla sentir encore la chaleur de son corps, la force de ses muscles, l'odeur de sa sueur ! De petits groupes arrivaient, les femmes d'un côté, les hommes de l'autre. Des gens seuls pour une soirée de gens seuls parmi lesquels elle se glissa. Un homme l'invita, puis un autre et encore un autre, des messieurs grisonnants, de son âge, rien de commun avec lui, dans la force de l'âge.

À minuit, dans le brouhaha et les embrassades, elle commanda un porto, puis un deuxième et demanda un verre d'eau pour avaler ses pilules. Dès que la danse reprit, elle se leva et disparut sans que personne ne la retienne.

Tout naturellement, elle prit la direction de l'île. C'était dans l'île, au beau milieu de l'Outaouais, qu'ils s'étaient retrouvés pour la première fois quelques jours après la Saint-Sylvestre. Dans l'éclatante blancheur de la neige, ils s'étaient regardés, troublés par ce premier rendez-vous clandestin, déjà moins innocents.

C'était dans l'île qu'ils avaient fait l'amour pour la première fois, par un soir de froid sibérien. Dans la chaleur douce de leurs corps alanguis, ils s'étaient juré de prendre le temps qu'il faudrait pour s'apprivoiser, réinventer leur vie et être un jour ensemble.

L'hiver avait fait place au printemps, le printemps à l'été. De l'île aux amours, ils étaient passés au nid d'amour. Et l'automne avait cédé le pas devant l'hiver.

L'arrivée de Noël l'avait frappée de plein fouet. Un an déjà! Elle avait pensé à son dernier Noël en famille, à lui qui était avec la sienne, et s'était dit que cette Saint-Sylvestre en solitaire serait unique dans sa vie. Lorsqu'il était arrivé, un petit paquet délicatement enrubanné à la main, elle l'avait entraîné au lit, l'avait caressé jusqu'à l'extase, avait joui avec lui dans un même souffle. C'était son cadeau, le seul qu'elle pouvait lui offrir. Jamais elle n'avait autant aimé! Jamais elle n'avait connu cet émerveillement dans l'amour!

Après l'amour, lovée contre lui, elle avait ouvert son cadeau, souri en découvrant les poèmes de Verlaine, son poète préféré, et lu au hasard :

Et je tremble, pardonnez-moi
D'aussi franchement vous le dire,
À penser qu'un mot, un sourire
De vous est désormais ma loi,

Et qu'il vous suffirait d'un geste,
D'une parole ou d'un clin d'œil
Pour mettre tout mon être en deuil...

Il l'avait fait taire d'un baiser, avait poursuivi, mêlant ses mots à ceux du poète :

Plongé dans ce bonheur suprême
Je te redis encore et toujours
Que je n'aime que toi.

— Et moi je t'aime assez pour savoir que tu seras le dernier, qu'après toi il n'y aura plus personne, plus rien.

Pendant qu'il se rhabillait, elle l'avait écouté distraitement dire que sa femme avait invité quelques amis chez eux pour la Saint-Sylvestre et qu'il ne danserait pas comme lorsqu'ils s'étaient rencontrés. Elle avait dressé l'oreille en l'entendant déclarer que, peut-être, l'an prochain, puisque ses filles ne croyaient plus au père Noël, toute la famille partirait deux semaines sous les tropiques.

Dans un an ? Elle lui avait fait face, atterrée de découvrir la certitude d'une autre année de rendez-vous arrachés, volés, secrets, toujours trop courts, toujours trop rares. Mais cela faisait déjà un an ! Ce n'était pas assez pour être apprivoisé ? S'il ne l'était pas, il ne le serait jamais ! Attendre encore ? Pourquoi ? Elle s'était montrée patiente, compréhensive. Elle comprenait qu'on ne quitte pas comme ça deux petites filles qu'on aime, une femme qu'on n'aime plus comme avant mais qu'on aime encore un peu.

Il l'avait regardée, l'air de s'excuser, et l'avait embrassée.

Avait-il oublié leurs promesses ? Savait-il qu'à l'automne, elle avait commencé à douter, qu'elle ne voulait plus l'attendre, plus jamais connaître de Noël

ou de Saint-Sylvestre sans lui ? Savait-il qu'elle voulait
vivre avec lui au grand jour ? Mais cet amour qu'ils
s'étaient juré, c'était du vent ?

Il avait hoché la tête comme pour lui dire non et il
était sorti. Elle avait refermé la porte sans lui demander, comme d'habitude, quel jour il reviendrait.

Dans l'île aux amours, elle regarde au loin les
guirlandes électriques de la rive québécoise qui,
mêlées à celles de la rive ontarienne, brillent de tous
leurs feux pour une fête dont elle n'est plus. Près du
sillon lumineux que trace le chemin de la Montagne,
dans la haute silhouette de son immeuble, elle devine
les fenêtres de son appartement, noires et vides.

Il fait doux et chaud dans la voiture bien close. La
neige s'est mise à tomber, l'enveloppant de son lin-
ceul. Elle sent le sommeil la gagner. Elle est bien, heu-
reuse. Elle pense à lui déjà comme à un beau souvenir.
Elle a connu de l'amour ce qu'il y avait de plus beau,
évité le pire, les lendemains qui déchantent, la pitié et
la commisération dans le regard aimé. Quand le jour
se lèvera, elle dormira en paix.

La blancheur des draps l'éblouit. Elle cligne des
yeux, découvre des tuyaux, des pansements sur son
bras, sent une main sur la sienne, entend une voix
inconnue, chaude et grave :

— Il faut être un peu poète ou très seul pour vouloir mourir un soir de Saint-Sylvestre. Je suis un peu
des deux, je n'allais pas vous laisser partir comme ça.

Comme une insatiable soif

Carmen Dubrûle-Mahaux

C ETTE NUIT, un rayon de lune voyeur traverse les volets, peignant d'ombre et d'ambre le corps dévêtu d'Amélie. Georges ne ressent rien à la vue des formes généreuses de son épouse endormie près de lui. Depuis longtemps, il laisse s'étioler ce mariage sans intervenir. Il ne cherche plus les raisons de cet état d'indifférence. Blessée, Amélie a inutilement essayé un rapprochement. À chaque tentative, Georges devient muet. Il ne semble connaître qu'une phrase :
« Il est inutile de discuter de la situation. »

S'établit dès lors une routine de vie sans âme où chacun survit. Dans la même chambre, ils sont séparés de corps et d'esprit. Amélie se couche tôt. Son époux s'éternise devant la télévision et regagne son côté du lit à des heures tardives.

Ce matin, c'est l'anniversaire du mariage moribond. Toute la journée, Amélie devra subir les appels téléphoniques et les visites de parents et d'amis se réjouissant de l'heureux événement. « Quelle chance vous avez, vous faites un si beau couple ! » Dans l'entourage, leur union est le symbole de la stabilité. Si elle se brisait, les amis perdraient pied. Pour les rassurer, Georges et elle affichent en leur compagnie un sourire de circonstance, figé comme celui de la reine d'Angleterre en son *annus horribilis.*

Cette fois, incapable de jouer la comédie, Amélie choisit la fuite, la plus douce des fuites, la plus productive aussi. Elle visitera le Salon du livre de l'Outaouais à Hull. C'est le cadeau d'anniversaire qu'elle s'offre par instinct de survie ! En route pour le Palais des Congrès, le front appuyé sur la vitre de l'autobus, elle regarde la mosaïque hulloise se former sous ses yeux. Chacun prend sa place comme dans une photo de famille. Des enfants dans leurs habits bigarrés se bousculent sur les trottoirs. Une mère de famille en robe de chambre, bigoudis sur la tête, les pieds au chaud dans ses pantoufles de phentex rayées, sort son journal de la boîte aux lettres. Un commis de chez Émilien Lévesque et Fils vérifie l'aspect de l'étalage de souliers en vitrine. À la Résidence de l'Île, rue St-Rédempteur, des personnes âgées observent Amélie qui les observe à son tour.

Rue St-Laurent, devant la Caisse populaire, elle revoit l'emplacement vide de la maison de ses grands-parents, victime du progrès. Il ne reste plus qu'un peu de gazon comme on en retrouve devant une pierre tombale. De sa mémoire remonte le parfum de bran de scie de l'atelier de son grand-père. Comme il savait manipuler le tour à bois pour réparer ses jouets d'enfant!

Ce souvenir rappelle celui de l'expropriation de sa propre demeure de la rue Maisonneuve, et la bouleverse. Le lieu de son enfance aujourd'hui enfoui quelque part sous la Place du Portage. Les propriétés des Dubois, des Robitaille, des Chaput, des Cloutier, des St-Jean, des Poitras, des Dupont, des Lusignan, des Abbot, des Massé et des Jean-Venne ont toutes subi le même sort.

Au Salon du livre, elle butine d'un stand à l'autre, nourrissant son insatiable soif de savoir. Ses intérêts la conduisent vers les livres d'art, la poésie, l'observation des oiseaux, les études en psychologie et en généalogie. Son coup de cœur va vers les biographies de toutes sortes.

En fin de journée, Amélie ressent une perte d'énergie. « Bienfaisante fatigue » pense-t-elle. Son incursion dans le monde du livre lui apporte autant de bienfaits qu'une thérapie. Pressant contre elle ses achats, elle regarde le voyant lumineux de l'ascenseur se déplacer d'un étage à l'autre. N'en pouvant plus d'attendre, elle fait volte-face et se dirige vers les escaliers. Surprise par l'aspect des lieux, elle s'assied, le temps d'ajuster sa vue à la pénombre. Elle en profite pour se reposer à l'abri des regards indiscrets. Derrière elle, la porte s'est refermée. Ce moment de solitude n'est pas désagréable. Elle pousse même l'aisance jusqu'à allonger ses jambes fatiguées en travers d'une marche, le dos confortablement appuyé au mur et les yeux clos pour mieux jouir de cet instant privilégié.

Elle se surprend à ressentir un grand bien-être dans un endroit si sombre et incongru. Le souvenir d'une semblable sensation vécue dans sa jeunesse émerge soudain. À la maison paternelle, l'escalier conduisant à la cave en terre battue lui servait souvent de refuge pour converser au téléphone avec son amoureux.

Le fil de ses pensées est brusquement coupé par l'arrivée d'un homme venant à son tour de pousser la porte. L'inconnu sursaute à la vue du corps presque couché et disparaît en direction des étages inférieurs.

Penaude de s'être laissée surprendre dans un état de farniente, Amélie se dirige elle aussi vers la sortie. Chemin faisant, elle croise l'homme remontant vers elle en maugréant. Il s'arrête à son niveau, lui dit s'être buté à une porte verrouillée et se plaint du piètre éclairage de l'endroit. « Retournons vers les ascenseurs », continue-t-il. Au haut de l'escalier, il constate avec stupeur que la porte conduisant au Salon du livre refuse de s'ouvrir. Devant cette situation cocasse, il laisse entendre un rire sonore, libérant du coup la tension grandissante. Reprenant son sérieux, il promet d'attirer l'attention des passants. Après nombre de cris et de coups d'épaule, il doit capituler. Pourtant, dans les films, au cinéma, les portes cèdent à la moindre pression. « Au pire, dit-il, à la fermeture du

Salon, plusieurs personnes s'impatienteront de la lenteur des ascenseurs et se dirigeront vers les escaliers et nous serons libérés. Autant en profiter, Madame, pour vous imiter dans votre facon de récupérer. » Aussitôt dit, aussitôt fait. Il s'adosse au mur et allonge ses jambes en travers d'une marche. Elle s'installe de la même manière, face à lui.

— Mon nom est Léonard, dit-il en lui tendant la main.

— Amélie, fait-elle, tout en appréciant la poigne solide de son interlocuteur.

La conversation s'engage tout naturellement sur les nouveautés du Salon du livre, sur leurs achats de la journée et sur l'amour de la lecture qu'ils partagent. Ils se découvrent des points communs, entre autres, la curiosité d'en savoir toujours plus sur plein de sujets. Plus le temps passe, plus la conversation se déroule sereinement, à voix basse, entrecoupée de silences. Les circonstances de leur rencontre, la pénombre empêchant de discerner les traits de son visage et, surtout, l'assurance de ne jamais revoir cet inconnu, amènent Amélie à se confier. Elle parle de la détérioration de ses relations avec son époux.

— Je ne vois aucun espoir de rapprochement, même en ce jour d'anniversaire de mariage.

Sur le même ton de confidence, il évoque avec douceur le souvenir de ses vieux parents, décédés depuis peu, auxquels il a consacré plusieurs années de sa vie. Puis, il parle de la solitude dans laquelle il s'est emmuré en travaillant beaucoup au succès de ses affaires.

Mais dernièrement, il remet tout en question. Aurait-il pu prendre un peu plus de temps pour lui-même ?

Léonard cesse tout à coup de parler pour offrir à Amélie, grelottante, de s'asseoir près de lui. Il l'entoure de ses bras pour la tenir au chaud et recouvre ses pieds gelés d'un tricot de laine. Elle se laisse griser par la chaleur physique et morale et pose tout naturellement sa tête sur son épaule. Il appuie sa joue sur son front et unit son silence au sien. Elle le devine vulnérable, plein de nobles vertus et, surtout, de tendresse. Il l'étreint chaleureusement, laissant monter en surface des sentiments nouveaux pour lui. Ils demeurent blottis l'un contre l'autre pendant des heures sans prononcer une parole. Se sont-ils endormis ?

À regret, Amélie se dégage de cette étreinte, ses obligations d'épouse reprenant le dessus. Elle le remercie pour le bonheur vécu en sa compagnie et pose sur ses mains un chaste baiser. Elle se dirige vers la sortie dans l'espoir d'attirer l'attention des passants se rendant tôt au travail. À sa grande surprise, elle découvre une deuxième porte servant à la livraison d'articles plus volumineux. La porte de gauche est effectivement sous verrou, mais celle de droite ne l'a jamais été. Son cœur bat la chamade quand elle remonte en direction de Léonard. D'une voix émue et presque incohérente, elle lui explique la situation et lui demande de la laisser partir la première. Elle se précipite à l'extérieur et disparaît dans la ville.

Les jours suivants sont ensoleillés par de doux souvenirs. Il lui arrive souvent de se demander si elle n'a pas rêvé cette rencontre. Elle s'enfonce de plus en plus dans la lecture et dans un grand nombre d'activités artistiques.

Parfois, elle se rend le cœur battant au centre-ville, tentant de retrouver les traits de Léonard. Il vit maintenant en permanence dans sa tête et dans son cœur. Chaque fois qu'elle découvre une bonté d'âme sur une figure d'homme, elle a peine à retenir un cri : « Est-ce vous Léonard ? »

Son mariage avec Georges ne cesse de se détériorer. Quand plus rien ne va, elle part en pèlerinage vers le centre-ville et passe des heures à la librairie de la Place du Portage.

La veille de Noël, où rien n'a de sens à ses yeux et où le souvenir de Léonard l'envahit encore davantage, elle s'attarde à la librairie jusqu'à une heure tardive. Puis, rompue de fatigue, l'âme souffrante, elle se dirige vers la sortie. Amélie se retrouve devant deux portes conduisant aux escaliers ; celle de gauche porte la mention « Service seulement » ; celle de droite, « Sortie ». Sans hésitation, elle pousse la porte de l'escalier de service.

On retrouva son corps recroquevillé sur le palier de ciment.

Entre deux rives

Micheline Dandurand

C'est ainsi qu'elle croyait être deux
alors qu'elle était seule.

D ANS UN MONDE qui, pleurant à fendre
l'âme son besoin d'harmonie, allait de
crise en crise, elle pleurait le plus fort.
Dieu que le monde était seul! Et Dieu qu'elle se déso-
lait de tant de solitude! Dans un pays riche et pourtant en perpétuel conflit. Souveraineté... Fédération!
Deux mots d'une même ritournelle d'enfants s'amu-
sant à la marelle, aux rondes et comptines! CRISE!!!
Crise infantile pour celui dont le cœur, occupé à chercher l'harmonie, s'essouffle... Cœur usé comme ces
mots qui, d'un côté comme de l'autre, s'étaient vidés
de tout leur sens, de tout leur sang.

*C'est ainsi qu'ils croyaient en la force d'un pays
plutôt qu'en celle des hommes.*

Un matin, Marie s'arrêta au beau milieu du pont, à
l'endroit même où une affiche indiquait la frontière
entre les deux provinces. Coincée entre deux rives, elle
hésitait. Un pas devant et se trouver sur la rive étrangère, un pas derrière et se retrouver chez soi. Que
faire ? N'était-ce pourtant pas la même rivière ? D'un
côté ou de l'autre, le long des promenades qui lon-
geaient sa rive, n'était-ce pas la même eau, la beauté
d'une même nature que les passants admiraient ?

Il était encore très tôt. Les lueurs du jour naissaient
à peine. Marie était venue sans trop savoir où la mène-
raient ses pas. Elle aimait bien déambuler dans les rues
calmes de sa ville endormie. Elle aimait surtout regarder couler la rivière. Cela l'apaisait. Comme la nature
savait se passer des besoins de propriété et de territoire des hommes pour suivre son chemin ! Elle offrait
à tous, sans distinction et sans calcul, sa beauté, sa fraî-
cheur, sa tranquillité millénaire.

Marie pleurait. Comme elle avait erré sans savoir,
ses yeux embués de larmes regardaient sans voir.
Marie cherchait une réponse, Marie priait... Elle ne
savait plus où elle en était. « Que faire mon Dieu ? »
demandait-elle. « Que faire ? dis-moi... »

À rebâtir son rêve sans cesse, malgré les remarques de ses semblables, elle s'épuisait. Plus que d'habitude, cette fatigue se faisait sentir dans tout son être et
tout autour d'elle. La veille, jusque tard dans la nuit,
elle avait discuté avec son ami de ce rêve qu'ils avaient

cru pouvoir réaliser ensemble. Quelque chose était fini... quelque chose en elle était mort depuis. Elle avait attendu qu'il se soit endormi et délicatement, sans faire de bruit, elle s'était réfugiée dans les rues désertes de la ville pour réfléchir.

Comme deux enfants se chamaillant pour un même jouet, oubliant qu'ils le désiraient en fait pour jouer ENSEMBLE, ils avaient discuté en vain. Depuis des mois maintenant, ils n'arrivaient plus à s'abandonner l'un à l'autre... Tristesse et colère... ressentiment. Pourquoi ? Comment en étaient-ils arrivés là ?

Le rêve n'était plus gratuit ! Il fallait maintenant choisir de continuer ou de laisser aller. Blessure et fatigue, il fallait trouver un coupable. « Si tu étais plus, si j'étais moins... si tu voulais, si je pouvais... si, si, si... » Tant de conditions, le cœur n'y était plus. C'est ainsi que des êtres qui s'aiment deviennent des étrangers.

Marie était triste et se disait : « S'il était un tout petit garçon, je déciderais et ferais ce que je crois être le mieux pour nous tous, mais c'est un homme. Il a le pouvoir de refuser. Il a le pouvoir de renoncer même si nous sommes encore plusieurs à y croire. C'est injuste ! » Pourquoi les hommes ont-ils ce pouvoir lorsqu'ils ne sont pas en mesure de l'exercer avec discernement et générosité ?

Malgré les tourments de Marie, le soleil continuait sa course et déposait ses rayons sur les murs gris du Parlement tout en faisant miroiter au passage tous ses feux dans les fenêtres des musées : d'un côté celui des civilisations, de l'autre celui des beaux-arts ; entre les

deux, les batailles politiques. Elle ne pouvait s'empêcher d'y voir le reflet de sa propre situation : d'un côté
l'union, de l'autre la séparation ; d'un côté un
homme, de l'autre une femme ; d'un côté ses enfants,
de l'autre les siens. Comment l'homme peut-il croire
naïvement qu'il a toute la vie pour apprendre à vivre
avec les autres, alors qu'il a si peu de temps ! Celui de
se rendre compte que tous les humains ne sont que de
toutes petites gouttes d'eau dans l'océan ; ni plus, ni
moins puisque tous semblables.

Le deuil de ce rêve lui coûtait beaucoup. Le faire
pour elle-même. Le faire aussi simplement et humble-
ment qu'elle était venue se nourrir de la beauté de la
rivière. Le faire sans lui, sans eux.

Savoir quand quitter, quand il est temps de partir
et ne plus attendre que l'autre veuille suivre. Savoir !

Cesser de nourrir des sentiments stériles, cesser de
poser mille et une questions, cesser de vivre depuis
hier ou pour demain. Marie regardait la rivière et une
folle envie s'éveillait en elle d'aller se reposer au fond
de son lit, de se laisser emporter par le courant qui
avait où aller sans tourment. Elle savait pourtant que
ce repos lui était désormais refusé ; pour l'avoir désiré
désespérément et repoussé avec force trop souvent, le
fond de son âme n'y croyait plus !

Tant de deuils mal vécus, tant de crises mal traver-
sées, tant de passions mal éteintes !

Cœur déployé, rêves démolis, l'être tout entier
tendu et prêt à s'ouvrir encore et encore pour atteindre l'amour, l'ouverture, le partage. Comme la nature
qu'elle trouvait si belle d'être ce qu'elle était, comme

ce pays qu'elle aimait aussi, Marie pleura et laissa ses larmes se fondre aux flots. Puis, elle respira du fond de son ventre, là où son être aimait la vie et les humains profondément, jusqu'à ce que le vent qui entrait et sortait de son giron en apaise le feu.

Profitant de l'accalmie, elle revint chez elle, sachant qu'elle ne pouvait changer les autres : ni son ami, ni ce pays, qui choisissaient autre chose. Si le rêve était fini, la crise passée, il ne restait plus qu'à l'accepter et à continuer pour soi-même.

Le temps avait filé, les dormeurs s'étaient transformés. Leur vie de tous les jours les faisait se presser et se joindre à la foule qui se rendait au travail. À quoi travaillaient-ils ? Gagner leur vie et celle de leurs enfants. Chacun affairé à sa besogne, à sauver sa peau, son emploi, ses amours ; il n'y avait plus de temps pour essayer d'inventer une forme nouvelle. Il ne restait que Marie la rêveuse pour imaginer un autre monde.

Marie vit au loin s'avancer les camions et les travailleurs venus poser les péages. Intriguée, elle les observait, se demandant tout à coup de quel côté de la rivière ils les installeraient. Qui paierait ? Qui gagnerait ? Qui croirait encore à la possibilité d'unir un jour les deux rives ? À ainsi distinguer les territoires, les races, les religions, les opinions, les sexes, il n'y avait plus de temps pour la solidarité. À chercher de toute part à imposer sa loi, son contrôle, il n'y avait plus de place pour la liberté. Il fallait trouver au plus vite le coupable et bien lui faire comprendre que s'il restait, c'était à condition que... ceci ou cela, celui-ci ou celle-là... bref, à condition que... C'est ainsi que des amis, des voisins, des confrères deviennent des ennemis.

Elle ne put s'empêcher encore une fois d'y voir son reflet. Un rire déferla en elle ; la vie aimante s'occupait patiemment de ceux qui refusaient de suivre son cours avec amour. Savoir quand quitter son petit moi, savoir quand il est temps de le laisser grandir pour connaître mieux et le perdre dans plus grand que soi. Marie le sut, c'était MAINTENANT !

> *C'est ainsi qu'elle croyait être seule*
> *alors qu'ils étaient des millions.*

En cris... e !

Jacques Lalonde

— V OUS SAVEZ qu'on ne peut pas rédiger un discours pour un ministre en le ciselant comme si c'était une pièce de littérature et en l'écrivant avec passion. Toute la personnalité d'un ministre qui s'adresse à un auditoire réside dans le fait de ne pas en avoir et de s'effacer totalement derrière le contenu politique de ses allocutions. Évitez les phrases portées par un mouvement oratoire, les phrases trop bien... comment dirais-je, trop bien écrites, trop bien tournées. La règle qui doit vous guider, c'est la simplicité : sujet, verbe, complément. Les phrases d'un discours ministériel n'ont pas besoin non plus d'être reliées les unes aux autres ; un ministre, vous savez, les prononce comme on jette des cailloux dans une marre.

Jean-Pierre avait entendu des propos analogues tout au long de sa carrière de plus de deux décennies au service de la fonction publique. Ce matin-là, toutefois, il ne s'agissait pas d'une anecdote de plus. En réalité, il se butait à un système absurde, irrévocable, et l'arrogance affichée par son patron le mettait hors de lui.

— Servir, tel est le sens de la fonction publique, de reprendre son patron qui n'avait pas complété sa leçon. À tous les niveaux de cette grande institution, dit-il en faisant pivoter son fauteuil du côté de la fenêtre et en tournant le dos à son interlocuteur, il importe de situer sa contribution dans les directives administratives et dans la continuité sans faille des vues gouvernementales et de leurs modalités d'expression.

Jean-Pierre était impressionné par l'immense table de travail, la panoplie d'instruments électroniques et, surtout, par l'absence de piles de documents ; cela tranchait avec l'amoncellement de feuilles griffonnées de ratures, de commentaires, d'idées esquissées qui encombraient toujours son enclos de travail.

— Pour bien me résumer, si vous prenez en compte mes observations, vous aurez réduit de moitié la longueur de votre trop long projet de discours dont je n'ai pas eu à lire plus de la première page pour savoir qu'il fallait le reprendre.

Jean-Pierre se demandait comment il avait pu supporter si longtemps de tels propos. Au moment de quitter, il l'entendit ajouter que la nouvelle version du discours devrait se retrouver sur son bureau dans les vingt-quatre heures. Jean-Pierre se retourna et fit un sourire à la mesure de la rage qu'il sentait monter en lui.

De retour devant l'écran de son ordinateur, il rappela son texte et s'exécuta. En vingt minutes, il le dépouilla : une véritable coupe à blanc. Puis il décida de remettre cette version dans vingt-trois heures et quarante minutes. Pas avant !

Cette nuit-là, Jean-Pierre fit un rêve. Il était au cirque. Des acrobates époustouflants s'amusaient à monter une pyramide humaine. La pointe en fut posée quand l'un d'eux s'élança d'un tremplin pour rebondir avec exactitude et sans broncher sur les épaules de ses collègues. La foule délirait.

Sans transition, il se retrouva au milieu d'un désert. Il escaladait une dune abrupte. Parvenu à son sommet, il aperçut, au loin, une pyramide et le profil d'un sphinx.

Il se mit en marche dans cette direction. La distance semblait infinie. D'heure en heure, toutefois, les dimensions des monuments s'amplifiaient. Après une journée de marche sous une chaleur accablante, il s'arrêta, tétanisé par l'immensité du monstre. Il entendit une voix caverneuse lui dire de se remettre en route sans tarder car la pyramide l'attendait.

Il obéit. Il faisait nuit et les étoiles le guidaient. Il y fut enfin. Soudain la pyramide se mit à basculer lentement. Il ne fallait pas qu'elle chavire. Jean-Pierre courut et tenta de la retenir. Il y parvint un moment, mais sentit bientôt croître le poids de la masse. Elle allait s'écraser sur lui.

Il se réveilla en poussant un cri.

Jean-Pierre regarda le cadran. À peine six heures. Il ne pouvait plus dormir. Il se rendit à la cuisine et prépara le petit déjeuner.

Assis, il voyait se dérouler ses vingt ans de carrière. Il visionnait son passé comme on cherche une image sur la bande d'un film dans une salle de montage. « Qu'est-ce que je retiendrais de cette pellicule », se demanda-t-il ?

Sa vie professionnelle au service de l'État ne lui renvoyait aucune image convaincante. « Une pellicule gâchée », conclut-il.

Jean-Pierre remonta dans son passé. Il avait rencontré trop de collègues cherchant à protéger leur pouvoir et capables de sacrifier n'importe qui sur l'autel de leurs ambitions.

Il se souvenait de ses nombreuses capitulations et de ses refus d'engager des confrontations inutiles. « Des causes perdues d'avance », se disait-il.

Il sirotait son café en se demandant ce qu'il allait bien faire de sa journée. Huit heures. Il alluma son poste de radio pour écouter le bulletin de nouvelles. Manchettes familières : fermetures d'usines, accroissement du chômage, réduction des services sociaux, progression des guerres absurdes et des massacres.

Et Jean-Pierre prit soudain conscience de la raison profonde de sa frustration de professionnel de l'écriture. Il aurait tant voulu préparer des textes traitant des réalités de l'actualité tragique. Mais, chaque fois, on les réduisait allégrement à des banalités.

Ce matin-là, Jean-Pierre se fit violence pour reprendre le chemin du bureau. Il devait bien être onze heures quand il s'y présenta sous le regard interrogateur de la réceptionniste. À peine avait-il pris place devant son ordinateur pour imprimer la version charcutée du discours qu'il fut convoqué au bureau du ministre. Il s'y rendit en toute hâte. Le ministre lui-même l'attendait.

— À ma demande expresse, votre patron m'a remis ce matin le projet que vous avez préparé à mon intention. Je ne comprends pas toutes les réticences dont il m'a fait part au sujet de ce texte et j'imagine que les ratures et les corrections de la première page sont de lui. Je n'en retiens aucune. J'ai l'impression de respirer l'air des hauteurs en vous lisant. Je l'adopte sans en changer la moindre particule. Je donnerai des instructions pour qu'on fasse appel à vous le plus souvent possible.

Le ministre se leva et serra la main de Jean-Pierre en arborant un large sourire.

La rivière du silence

Jacques Michaud

L ES TRAVAUX de réfection de l'autoroute 50, qui mène de Hull à Masson, refoulaient les usagers jusqu'au pont Alonzo Wright. On était déjà en décembre et l'arrivée des premiers froids, après la venue des premières neiges, n'arrangeait pas les choses.

Jean-Sébastien Richard n'arrivait pas à s'y faire. Ces vastes engorgements lui irritaient les nerfs, ces nombreux bouchons lui gonflaient le sang. Il avait l'impression qu'une profonde nausée allait tout à coup s'emparer de lui et le jeter dans des douleurs interminables.

Il s'arrêta au restaurant *Patio Vidal* de Limbour, question de retrouver ses esprits. Il prit place dans cet établissement populaire où l'on sert des déjeuners comme ailleurs de l'essence. L'horloge *Pepsi* marquait huit heures quinze. La salle était à moitié vide. La plupart des clients, des habitués sans doute, ne semblaient pas empressés de quitter les lieux. Quelques tables étaient occupées par des hommes qui fumaient cigarette sur cigarette et ne refusaient jamais le café supplémentaire que deux serveuses leur offraient dans un geste routinier. La nuit avait été longue et ces filles, on le sentait bien, avaient hâte d'aller se reposer.

Jean-Sébastien essaya de retrouver le fil de ses pensées. Son esprit dérivait. Il aurait aimé pouvoir comprendre la raison de ces malaises qui l'assaillaient, spécialement le matin, à l'heure de se rendre au travail. Un attrait irrésistible le sortait tout à coup des actions les plus familières, il était subitement envahi par des images qui lui venaient d'ailleurs et le réduisaient.

Tout en sirotant les premières gorgées de café, il ouvrit les pages du *Journal de Montréal* qui traînait sur sa table. À la page trois, celle des faits divers, il lut le titre suivant : « Glace trop mince, une fillette se noie ». Il s'empressa de lire le chapeau qui coiffait l'article :

> Une fillette s'est noyée dans les eaux tumultueuses de la rivière La Lièvre, à Mont-Laurier, alors que sa compagne réussissait à remonter sur la glace après être tombée, elle aussi, dans les eaux glaciales.

L'article occupait la moitié de la page. Deux photos, prises sur les lieux du drame, montraient les plongeurs de la Sûreté du Québec en pleine action. Avides, les yeux de Jean-Sébastien couraient sur les lignes. Ils se fixèrent au hasard sur ce paragraphe : « Mais cette rivière garde parfois longtemps ses secrets. Ainsi, l'an dernier, presque jour pour jour, disparaissait Serge Johnson, vingt-six ans, également de Mont-Laurier. Son corps n'a jamais été retrouvé. »

Jean-Sébastien Richard s'arrêta net dans sa lecture. Cette nouvelle allait chercher chez lui des souvenirs qui le remuaient. Deux ans plus tôt, à pareille date, il avait sensiblement vécu le même drame. À la hauteur de la rue Lenoir, sans trop savoir pourquoi, il avait perdu la maîtrise de sa voiture et avait plongé dans la rivière Gatineau. Il s'en était sorti, non sans avoir pensé, la fraction d'une seconde, qu'il aurait été agréable de s'abandonner à des eaux aussi douces et apaisantes. Il avait alors éprouvé le sentiment de quitter son corps et de partir pour un voyage dont les frontières dépassent celles de notre connu.

Depuis ces événements qui l'avaient secoué par leur caractère exceptionnel, Jean-Sébastien vivait à la périphérie des choses. Sa vie avait été coupée en deux. Il avait dû prendre un repos de plusieurs mois. Puis, lentement, il avait retrouvé son travail à la Bibliothèque nationale. Chaque matin, il renouait avec des habitudes vieilles de quinze ans et il prenait patiemment sa place dans ces longues files de voitures, une marche lui rappelant celle des fourmis...

Des fourmis... Il s'arrêtait sur cette vision et s'en nourrissait. Il avait toujours été étonné par la façon dont ces toutes petites créatures vivaient entre elles.

Ainsi, une colonie de ces insectes hyménoptères, longtemps retenue loin de sa fourmilière, mais enfin libérée, y revient tout droit. L'esclavage est même pratiqué chez quelques espèces. L'habitat des plus faibles est soudainement investi et, après combat, les envahisseurs ramènent les nymphes des vaincus.

Jean-Sébastien Richard était surtout fasciné par le termite, appelé aussi *fourmi blanche*, cet insecte archiptère muni de quatre ailes et d'une bouche capable de broyer. Sa vie durant, ce frêle animal invertébré se livre à un travail de destruction lent et caché. Il vit en société et ronge interminablement les pièces de bois de l'intérieur. Chez Jean-Sébastien, l'image était fixe : il pensait que des milliards de ces individus, secrètement réfugiés dans les maisons, pourraient, à la limite, être la cause d'un écroulement soudain et massif, une sorte de réduction en poussière de la charpente des habitations. Il en était même rendu à croire que la vie devenait une termitière et, cinq fois par semaine, il fallait se déplacer d'un nid à un autre : le jour, le bureau, le soir, le foyer.

Distraitement, Jean-Sébastien tourna quelques pages du journal. Il acheva son café dans un fouillis d'images où apparaissaient, pêle-mêle, des fourmis blanches qui marchent, des voitures qui dérapent et des fillettes qui se noient.

Il rembarqua. La chaussée était moins glissante et la circulation plus rapide. Les fourmis avançaient. À la hauteur de la rue Lenoir, une émotion le prit à la gorge. Il revit sa plongée dans les eaux de la rivière et l'événement lui apparut, encore une fois, dans toute sa dualité :

l'oppression d'une part et la libération de l'autre. Il se sentit aspiré. Pendant une fraction de seconde, la voiture tira à droite et la roue avant heurta l'accotement. Le soubresaut raviva l'attention de Jean-Sébastien.

Plus loin, il tourna à gauche pour emprunter la bretelle menant au pont des Draveurs. La tête lui tournait, sa vision s'assombrissait. À nouveau, le malaise l'atteignit. Ses membres ne répondaient plus aux commandes de son cerveau. Il appuya sur l'accélérateur et chercha audacieusement à se faufiler parmi les nombreuses voitures qui roulaient plus lentement que d'habitude sur l'autoroute. Sur la gauche, les automobilistes, apeurés, essayaient, tant bien que mal, de s'écarter. Ceux de derrière, alertés, klaxonnaient sans arrêt.

Jean-Sébastien n'entendait plus rien. Ses tempes battaient à se rompre. Emporté dans une frénésie aveugle, il cherchait à tout voir s'ouvrir sur son passage. Au-dessus, le ciel était là, dans sa clarté laiteuse de décembre. Mais à la hauteur de la route, le scintillement stroboscopique du gyrophare d'un car de police l'aveugla momentanément. Une automobile accidentée bloquait la voie de droite et resserrait dangereusement les deux autres. La dépanneuse arrivait sur les lieux. Jean-Sébastien comprit-il, à cet instant précis, qu'il était trop tard et que le choc ne pourrait être évité ?

Il ferma les paupières et abandonna son corps aux forces du monde. Instinctivement, il donna un dernier coup de volant. L'embardée fut longue. Le véhicule s'immobilisa presque dans les airs, porté par une puissance mystérieuse. Puis, lentement, il commença à tournoyer, dans une danse semblable à celle de la feuille d'un arbre ayant longtemps résisté aux premiers gels et qui, se détachant enfin, descend en spirale jusqu'aux eaux dont elle est proche.

Les yeux toujours fermés, Jean-Sébastien Richard entendit une voix lui dire :

— Sous le pont des Draveurs, la rivière Gatineau coule bien doucement, presque en silence.

Le regret

Vincent Théberge

CE SAMEDI-LÀ, il tenait dans ses mains, depuis peu tremblotantes, le dernier bout de sa vie.

Dans ce plein matin, il entendit au-dessus de la Gatineau deux volées d'outardes cacarder leur retour vers le nord.

Il savait qu'il n'assisterait jamais plus à leur descente.

Certes, en son tréfonds, il soupçonnait la présence d'une énergie bouillante, mais le cœur était ailleurs, plus loin que les outardes, plus haut que le nord ; en fait, son cœur était nulle part, il n'y était plus.

Son âme, quant à elle, s'éclipsait en lambeaux ; il la voyait tantôt s'enliser dans le noir, tantôt s'échapper par bouffées.

L'atonie se répandait en lui à chaque fois que son corps, en soubresauts, aspirait quelques bulles d'air.

Son esprit, si primesautier, se calma ; alors tout s'étala. L'engourdissement s'empara de tout son épiderme.

Il vivait paisiblement sa mort. Il pouvait enfin aspirer à la plénitude du néant. Personne, vraiment personne, pour l'en détourner.

Une quiétude, à peine tiède, coulait dans ses veines. Son âme et son corps allaient bientôt se distinguer.

À l'horizon, une forme éthérée, comme issue du néant, surgit ; ou était-ce le néant lui-même qui s'incarnait ?

À dire vrai, un regret venait de naître. Ce regret avançait vers lui sans hâte.

Il le regarda s'approcher tout près, se pencher jusqu'à se coucher sur lui et, lentement, le pénétrer.

Quand ce corps étranger commença à frémir dans ses entrailles, son cœur ne fit qu'un seul bond.

Il le sentit monter en lui, envahir tout son corps ; plus encore, il le surprit à tenter de masser son cœur et de colmater son âme.

Subitement, tout s'accéléra : ce regret, plus fort que lui, plus fort que l'agonie, le séismait.

Il le voyait ostensiblement se métamorphoser, devenir souhait, doute, fuite ou survie ; à d'autres moments, il se transformait en il ne savait quoi.

Qu'importaient les visages qu'il empruntait, seul comptait le regret lui-même.

Il lui fallait le saisir, l'écouter, l'accompagner dans sa montée, le suivre toujours plus haut, se propulser avec lui au grand jour, au-delà du possible, l'aimer, l'étreindre voire, jusqu'à se fondre en lui.

Où cela mènerait-il ? Pourrait-il aller si loin ? Jusqu'où encore ? Et pourquoi toujours ?

Ce jour-là, le plus-que-possible était atteint. Il était trop tard. Il avait tant et tout donné sans jamais se questionner.

Son cœur fit volte-face. Son esprit chancela. Il n'avait guère d'âme. Il n'avait rien su garder. Il devenait personne, étranger à lui-même.

Tout se replia.

Il se sentait si las.

Il partit s'étendre en implorant le grand silence et... il s'endormit la tête pleine d'outardes avec un regret de plus sur la conscience, le regret de s'ignorer.

Aurait-il ouvert quelque plus grand les yeux, il reconnaissait celui qu'il a toujours feint d'ignorer, celui qu'il n'a jamais voulu rencontrer.

La nuit tombe sur Ostende

Monique Gagnon-Campeau

*G*OODBYE — *Piccadilly,*
Farewell Leicester Square,
It's a long, long way to Tipperary,
But my heart's right there !

— Allez ! la petite Tonkinoise !

Je suis gobé d'une petite,
C'est une Anna, c'est une Anna, une Annamite.
Elle est vive, elle est charmante,
C'est comme un oiseau qui chante...

Le groupe explosa de rire. Passablement éméché,
le caporal Sansouci mimait, à coup de mines pâmées

et de battements de cils, l'allure de cette petite Tonkinoise aux yeux doux. Il avait une bouille irrésistible et savait en jouer, au grand plaisir de la compagnie et du sergent Pinsonneault, dont les mains allaient et venaient prestement sur le clavier. Les accents du piano et du chœur improvisé se perdaient dans le brouhaha de la vaste salle. Il y régnait un joyeux désordre. Allant et venant ou affalés dans de gros fauteuils de cuir, on causait à bâtons rompus. On commentait, sur un ton entendu, les nouvelles du front. On riait aux histoires corsées qui allaient bon train. Et on buvait sec, l'inévitable cigarette à la main. Une énorme fumée saturait la pièce, estompant jusqu'au rouge des solennels *Union Jack* suspendus aux poutres.

Louis jeta un coup d'œil à sa montre et bâilla. La fatigue le gagnait. Il n'avait jamais forcé sur le whisky, qui commençait à l'abrutir. Il se leva lourdement de son fauteuil et se dirigea vers la sortie. Ce repli ne fut pas sans échapper à Sansouci, dit « Œil-de-Lynx ». Déjà, il l'empoignait par le bras et l'attirait vers le piano. Le lieutenant devait chanter, *or else*!

— O. K., mais rien qu'une, concéda Louis.

Il aimait bien Sansouci ; de plus, il n'était pas du genre à s'imposer. Un air suffirait.

D'une voix molle et terne, il commença :

J'aime à revoir ma Normandie,
C'est le pays qui m'a donné le jour.
J'ai vu les champs de l'Helvétie,
Et ses chalets et ses glaciers.

J'ai vu le ciel de l'Italie
Et Venise et...

— Voyons, Lieutenant, on n'est pas au cimetière !
tonna Sansouci, coupant son envolée. Allez-y avec moi :

Tha ma ra boum di hé
Tha ma ra boum di hé
Chahuter, chahuter
N'y a qu'ça pour bien s'porter !

Louis hocha la tête. Encore un autre qui feignait
d'ignorer que l'embarquement pour la France était
fixé au lendemain, six heures. En attendant, les futurs
combattants dévoraient avec frénésie leurs dernières
heures de liberté en sol anglais.

20 septembre, 1917
Il laissa tomber sa vareuse, alluma une cigarette, lais-
sant dériver ses pensées. Il...
Louis porta le crayon à ses lèvres et, le regard
vague, hésita. La fatigue lui brouillait l'esprit. Or, ce
soir, il lui *fallait* poursuivre ce journal, qu'il tenait
depuis quelque temps. Il le rédigeait parfois à la troisième personne. Il avait imaginé cette feinte pour
dominer son angoisse, à certaines heures. Il allait
chercher le spectateur en lui, se distançant de son
propos, comme il eut parlé d'un étranger.
Il pensait au front, essayait d'entrevoir ce décor apoca-
lyptique. Mais le front se dérobait, traqué par ses défenses...

*Le corps et l'esprit se cabrent devant l'horreur, la souffrance ;
sans doute est-ce mieux ainsi. Comment pourrait-on autrement accepter de risquer sa vie sans basculer ?*

*Risquer sa vie... Ça, il l'avait décidé lui-même, personne
d'autre. C'était la rançon à payer pour voir le monde, fuir
l'étouffant climat de son milieu, échapper, surtout, à l'écra-
sante autorité de grand-père, son tuteur...*

*Il arrivait à sa majorité, avait terminé ses études,
n'avait pas d'attaches. Son besoin de s'affranchir et de respirer à son aise avait été plus fort que tout. L'armée l'avait pris
et son instruction lui avait valu d'obtenir rapidement des
galons d'officier. Il était bien traité, considéré. Son seul regret
était de ne pas avoir vu Londres. Il ne connaissait de
l'Angleterre que le camp d'entraînement, la campagne. Se
pouvait-il qu'il ne voie jamais cette merveille ?*

Louis regardait dans le vague. Il lui fallait encore
transcrire ces réflexions mais sa volonté abdiquait. Le
carnet lui tomba des mains et il sombra, épuisé, dans
le trou noir du sommeil.

— *Wake up, Sir ! It's that time of the day again !*
Louis ouvrit les yeux. Deux uniformes se tenaient
penchés sur lui. On l'aidait à s'asseoir. On prenait son
pouls, sa pression artérielle, sa température. On le
piquait. On lui tendait des capsules. On effleurait ses
joues d'une pommade ; avec une autre, on lui massait
le dos. Pour finir, les voiles blancs insistaient pour qu'il
avale une répugnante potion jaunâtre.

Le dortoir, ce matin, émergeait à peine de l'ombre avec cette lumière plombée qui tombait en lueurs

grisâtres sur la salle. Le *fog* cloisonnait la ville. Un épais rideau de brouillard et de crachin masquait les hautes fenêtres et le regard eut cherché en vain le bruissement de la vie, au-delà des murs. L'hiver pesait de tout son poids sur Londres.

Une journée morne et rituelle recommençait dans le *Ward VII*, toujours la même, teintée de désespoir mélancolique. La fièvre avait occupé Louis un long moment, brouillant tout, les vibrations de la lumière, les sons, le temps, la mémoire. Il avait erré dans une contrée miséricordieuse, étale, qu'il avait quittée dans la stupeur et la colère. Le bilan était lourd : brûlures au visage, blessure grave à l'abdomen, amputation du bras gauche. Évacué du front, on l'avait dirigé sur la France, puis sur Londres.

Le temps lisse et doux de cette absence ne ressemblait en rien à celui de l'hôpital militaire : un temps âpre, chaque jour découpé en blocs immuables et soudés les uns aux autres, rectiligne et prévisible comme la rangée de lits du *ward*.

Il y avait l'heure du breakfast, puis les soins de toilette. Les pansements frais. La visite du médecin. La *nurse* lui ferait faire quelques pas, encore mal assurés. Viendrait l'heure du *padre*. Il entrerait avec son sourire emprunté et, d'une voix onctueuse, distribuerait la bonne parole et la compassion aux blessés, aux mourants. Louis l'avait banni de son chevet. Il n'avait que faire des bons sentiments, de la miséricorde divine.

Comment rendre grâce au Destin, magnanime, qui ramenait du front ces gisants grisâtres aux traits altérés,

meurtris, brûlés, mutilés, tantôt gémissant, tantôt hurlant, délirant parfois. Certains jours, en ces lieux, on
ramenait d'horribles choses défigurées où la vie palpi-
tait pour quelques heures encore, quelques jours. Des
spectres. On se trouvait enfermé dans un étrange huis
clos où, à tout moment, on pouvait basculer dans
l'horreur.

Dans le *ward*, le calme venait de retomber mais
Louis, trop tendu, n'arrivait pas à se rendormir. Plus
tôt, le sinistre mugissement de l'alerte avait brisé le
silence de la nuit. L'instant d'après, un vacarme
assourdissant menaçait d'anéantir les lieux, des lueurs
rougeoyantes léchaient l'édifice, une énorme clameur
déchirait la salle où les blessés, impuissants, affolés
comme des bêtes traquées, qui ne voulaient pas
mourir là, sous les bombes, c'était trop idiot, pleu-
raient, suppliaient, implorant Dieu ou quiconque de
les secourir, par pitié !
    Les bombes étaient tombées tout près, puis
l'armada de zeppelins s'était éloignée. Avec la peur,
les plaintes s'étaient éteintes, peu à peu.
    Crever dans son lit, cette nuit, Louis en convenait,
c'eut été, après l'enfer du front, d'une suprême
ironie. Les raids sur Londres se raréfiaient. Louis,
depuis son arrivée, n'en n'avait connu aucun. La vie,
fragile, était à la merci d'un caprice du sort...
    Pour Louis, cette nuit prenait fin comme le jour
précédent avait commencé : sur une note extraordinaire.

Peu après le breakfast, un officier s'était amené au chevet de Louis, porteur d'une grande nouvelle : on lui décernait la Croix militaire. La distinction lui serait remise plus tard, lors d'une cérémonie officielle. Pour l'instant, le capitaine était chargé de lui transmettre les félicitations du haut commandement pour son « exceptionnelle bravoure » au front. Un flottement avait suivi cette annonce et l'officier était reparti sans que Louis, interdit, eût dit un mot.

La Croix militaire... L'honneur était insigne. Mais il accueillait cette reconnaissance avec des sentiments mêlés. Elle apaisait ses souffrances, mais avait réveillé en lui une émotion refoulée, violente et coupable, qu'il se voyait, encore maintenant, impuissant à endiguer.

Cette gloire naissante reposait sur du sang. Il se revoyait, lui, Louis, sur le parapet de la tranchée, affrontant l'ennemi à la mitrailleuse en soldat bien dressé, fauchant un à un ces corps hurlants qui s'affaissaient lourdement dans la boue et la pourriture. Plutôt que de se rendre, il avait saisi l'engin meurtrier, de cette main preste et téméraire qui, la veille, avait secouru un grand blessé. C'étaient ses premiers morts.

Un lourd silence avait suivi cet instant fatidique. Louis, interdit, soulagé, avait contemplé un moment ces masses inertes et tordues, ce paysage lunaire empreint de désolation. Il n'avait fait que son devoir, avec la tenue exemplaire qu'on attendait d'un chef.

On l'avait, depuis, délesté de ce bras assassin mais sa conscience n'en restait pas moins souillée. Il lui semblait maintenant qu'il était abîmé, plus encore, défiguré par le dedans.

Les mains du préposé soulevaient la prothèse avec précaution et, au gré de manipulations délicates, en soulignaient les mérites. En vrai professionnel, Hastings savait s'y prendre. Il vantait avec adresse la légèreté du matériau, la qualité de la confection, la précision de l'ajustement, bref, l'indéniable confort de ce membre si bien calqué sur la nature. La réputation de Grossmith's, bien entendu, n'était plus à faire.

Louis ne disait rien, en proie au malaise. On eut dit l'éloge d'une œuvre d'art. Il en voulait soudain à cet homme au physique intact. Sa prudence de langage, sa condescendante sollicitude, toutes ces précautions dérisoires le blessaient, le confrontant sans ménagement à son infirmité. Louis s'en voulait d'avoir franchi cette porte. Il avait esquissé une feinte, pour voir... Il voyait. Il ne songeait plus qu'à fuir ce conciliabule, cet arsenal d'artifices destinés à la parade, au combat truqué. Une employée interpellait Hastings. Louis, profitant de la diversion, balbutia des remerciements et se hâta vers la sortie.

Soulagé, il s'engagea sur la rue Oxford, puis à un carrefour, hésita. Sans doute eut-il été sage de regagner la maison de convalescence. On répétait à Louis de ne pas forcer la note ; il lui fallait du repos. Or, il se sentait bien et rien ne le pressait. L'air de mars embaumait le printemps ; la journée s'annonçait belle.

Il eut envie de retourner à Hyde Park. C'était, depuis le début de ses errances, son coin de prédilection. Il y respirait à son aise, en aimait les larges perspectives, la grâce des allées, le bruissement tranquille des eaux.

Il monnaya une chaise et sortit de sa poche des cigarettes, deux lettres.

Sa mère, sa chère Thérèse, lui avait écrit. Il admirait sa constance. Rien ne décourageait son amour, pas même le long silence qu'il avait mis entre elle et lui. Du Memorial, il avait expédié deux ou trois cartes, d'un optimisme de commande. Thérèse n'était pas dupe, demandait de « vraies » nouvelles. En fait, que pouvait-il lui dire, sinon ces effroyables choses qu'il retenait en lui, comme un poison secret ? L'horreur du front, ces morts qui le hantaient et le violent désespoir qui l'avait empoigné à l'hôpital militaire... Comment décrire ce cloître de souffrances, où chacun était seul, comme un emmuré ? Ce mortel désœuvrement, jour après jour, ces nuits peuplées de songes noirs ? L'attente, interminable, de quelque chose : la guérison, le retour d'un ami — cette sale guerre qui va bientôt finir par finir ! Comment lui dire cette cassure, le choc de la mutilation ?

Il redoutait pour elle le poids des confidences, leur crudité. Louis l'aimait tendrement et souhaitait l'épargner. Sa franchise, il le savait, eut été cruelle.

Il défroissa la seconde lettre, la relut. Yvon, son frère, avait une belle plume. Il retrouvait, dans les propos du séminariste, une âme vibrante, sensible et généreuse, un esprit serein, sur qui les laideurs et les violences du monde n'avaient pas d'emprise. Toute la vie de cet être entier et fervent était gouvernée par une foi que rien ne pouvait entamer.

Il rêva un moment sur l'infinie distance qui se déployait entre lui et ce frère aimé, son complice des beaux jours, son confident... Chacun suivait désormais sa trajectoire, inéluctablement, comme deux planètes solitaires gravitant dans le vaste monde.

Il replia les feuillets et vit qu'un inconnu, à quelques pas, semblait l'observer. Il feignit de ne pas le voir, n'ayant aucune envie de faire la conversation et, moins encore, de quitter ce coin paisible. Il sortit de sa poche un calepin, l'ouvrit sur un dessin. Il avait trouvé ce prétexte pour occuper les pauses qu'il s'accordait lorsqu'il délaissait le Tube. Il le feuilleta avec application, revoyait Big Ben, Trafalgar Square, Saint-Paul et son dôme, le fronton du British Museum... Puis, affectant un air absorbé, il commença le croquis de deux amoureux enlacés, dans une embarcation.

— Pas mal ! jeta quelqu'un par-dessus son épaule.

Le timbre de cette voix qui l'apostrophait dans sa langue était familier. Il se retourna et crut rêver : Pinsonneault ! Pinsonneault était là, en chair et en os. Il avait rôdé un moment, pour le plaisir de mystifier son ancien compagnon d'armes.

Louis le contemplait en silence, pétrifié d'émotion.

— Tu dis rien, mon Lieutenant ? Qu'est-ce qu'on peut dire, hein ? Je vois que les Boches t'ont pas manqué non plus, enchaîna-t-il, son regard fixant la manche vide au manteau de Louis.

Pinsonneault semblait aussi revenir de loin. Il était quasi méconnaissable. Ça ? Le résultat d'un éclat d'obus. Il lui avait amoché une partie du visage. Le bandeau sur l'œil cachait une paupière aveugle, qu'une balle avait traversée. Tout était dit...

Au bord des larmes, Louis se leva, empoigna Pinsonneault. Leur étreinte, éloquente, dura un long moment.

— Viens, on s'arrête un peu, suggéra Louis.

Hyde Park Corner était l'un des coins typiques de Londres. Il suffisait d'avoir une opinion quelconque, de prendre le podium et l'on vous écoutait. À cet instant, un grand efflanqué aux allures d'évangéliste dénonçait avec feu les humiliations de l'Eire.

Cet endroit fascinait Louis ; il donnait à voir une autre facette de la liberté de parole qui avait cours au pays. Parfois choqué par ce qu'il lisait ou entendait, il n'en restait pas moins séduit. Il découvrait un monde cosmopolite et tolérant où, malgré les restrictions que la guerre imposait, on pouvait respirer à son aise.

Il eut souhaité s'attarder un moment encore, mais Pinsonneault, ignorant tout des querelles anglo-irlandaises, faisait voir de l'impatience. Au reste, il eut été bien en peine d'apprécier le propos. Malgré son passage dans l'armée, les subtilités de la langue anglaise continuaient de lui échapper. Surtout, il grillait de raconter le front, « sa » guerre et de trinquer aux retrouvailles.

— Tu te souviens, « Lieut », de la dernière fois qu'on a pris un verre ensemble ?

Les deux compères venaient de s'attabler au *Cock & Bull*, sur Piccadilly, où Pinsonneault avait établi ses quartiers. Déjà, le serveur s'amenait avec les bocks de bière.

Il se souvenait fort bien. On venait de muter « Pinse », qui partait le lendemain rejoindre le 22e, un régiment de langue française. Louis, de son côté, s'apprêtait à quitter la France pour le front belge. Depuis, ils s'étaient perdus de vue.

— C'est loin tout ça maintenant, fit Louis, en haussant le ton pour se faire entendre. La salle était remplie de permissionnaires et les voix se perdaient dans un brouhaha de rires et de conversations. Louis soupira. Ce tintamarre n'allait pas faciliter l'entretien.

Depuis deux heures, « Pinse » racontait les misères du front, presque à la cantonade. Louis, n'apprenant rien, se bornait à l'écouter.

— Quand on pense ! Dix jours de permission par année pour tout ça, mon homme. Dix jours ! Tu les a eus, toi ?

Louis faisait non de la tête. Comme Pinsonneault, il était passé sans transition du camp d'entraînement à l'enfer du front. Beaucoup en revenaient ébranlés. Le choc était rude et Pinsonneault, à son tour, accusait le coup. Louis le voyait, à la façon dont « Pinse » buvait, comprenant que cet endroit remuant était devenu pour lui un refuge contre l'angoisse. L'alcool, déjà, commençait à le ronger et Louis pensa que la déchéance viendrait sans doute en son temps, comme pour d'autres. Lui-même se sentait, à certains jours, au bord de l'abîme.

De plus en plus ivre, Pinsonneault pestait maintenant contre ces maudits *Blokes* qui méprisaient les Canadiens français. Comme dans l'armée : tous pareils ! À commencer par ce Lord, quoi déjà ?, Beaverbrook, qui dénigrait à pleines pages ces *stupid colonials* dans son journal. Plus *stupid* encore quand ils parlaient français... Ces papiers ravivaient chez « Pinse » un tas de frustrations.

Louis regarda l'heure. Ce monologue commençait à l'excéder. La rencontre était décevante et la solitude, insidieuse, revenait lui darder le cœur. Il fut soudain traversé d'un violent frisson. À une table, un petit groupe éméché venait d'entamer *There'll always be an England.*

— *Shut up!* leur lança-t-il abruptement, prêt à bondir.

Cet air était une profanation. Son frère d'armes, Sansouci le fredonnait sans cesse, en anglophile converti. Pauvre Sansouci, qui se moquait de la mort !

En sourdine, une voix enchaînait :

Wherever there's a cottage small
Beside a field of grain...

Le pauvre était allé finir dans un champ des Flandres inondé de pluie, une terre déchiquetée, mélancolique et nue, jonchée de cadavres d'arbres, de restes putréfiés, de cratères, de crevasses boueuses où l'on enfonçait à chaque pas. Une lugubre vision refaisait surface. Il revoyait « Œil-de-Lynx », le corps à moitié enfoncé dans la boue, qui le fixait à travers ses yeux vitreux. C'était plus qu'il n'en pouvait supporter. Il s'empara de son manteau et, tournant le dos à Pinsonneault, claqua la porte.

Un moment, il erra, désemparé. Puis, à tout hasard, il s'engagea dans l'avenue Shaftesbury.

Dans le hall du Memorial, le préposé l'accueillit de sa voix sonore et chaleureuse :

— *Good night my friend ! There is mail for you. Hope it's good news !*

Louis contempla la missive. Celle-ci portait le sceau des armées. Sans doute était-ce... On verrait bien. Il monta à sa chambre et, au bout d'un moment, se décida à décacheter l'enveloppe. Il avait deviné juste : la lettre lui annonçait son rapatriement prochain. Il serait de retour chez lui, à Hull, à la mi-avril.

Il alla s'asseoir sur le lit, alluma une cigarette. Un siècle s'était écoulé, lui sembla-t-il, depuis son départ. Il avait voulu courir le monde. Il l'avait vu. Celui-ci ne ressemblait en rien à ce qu'il avait imaginé. Son regard sur la vie avait profondément changé ; il découvrait que lui-même était un autre, qu'il n'avait pas même soupçonné. Il était sorti d'un coup de l'enfance, dans la douleur et la souillure du bourbier des Flandres.

Il se leva, alla à la fenêtre, contempla au loin une frange d'arbres bordant le parc St. James, et Londres... Il y avait amorcé un parcours initiatique, qui allait s'arrêter brusquement, en pleine mouvance. Déjà, cette ville avait profondément marqué sa vie.

Aujourd'hui, dans l'avenue Shaftesbury, il avait franchi une nouvelle frontière.

À la hauteur d'une galerie d'art, il s'était arrêté, interpellé par une toile. C'était une chose audacieuse et provocante, aux lignes insolites, aux couleurs stridentes. Il avait lu : *La nuit tombe sur Ostende – 1913.* Le titre semblait sans rapport avec le sujet : une femme assise sur un divan pourpre. Il regardait, perplexe, cette créature à la chevelure fauve, à l'air farouche, au regard mouillé, ces poings crispés sur un châle froissé, qui drapait son corps bleuté d'une cascade de plis jaune safran... Le décor lui-même semblait basculer. Une porte découpait bizarrement le vaste mur blanc ; on eut dit que ses battants noirs pendaient dans un vide crayeux.

Ce tableau semblait lui parler, porteur d'une révélation secrète. Il chercha à décrypter la signature, crut lire : Volekaert, chercha dans sa mémoire... Il n'avait encore rien vu de tel dans les musées londoniens. Il entra, fit un tour d'horizon, d'un coup d'œil. Les tableaux, plus étonnants les uns que les autres, semblaient avoir un langage commun. Au bout d'un moment, un petit homme surgit de l'arrière-boutique. Qui était ce Volekaert ? demandait Louis, indiquant le mystérieux tableau. Ravi, l'homme sourit.

Volekaert était Flamand, un peintre de l'école expres-
sionniste. Ça ne disait rien à Louis. Qu'est-ce que
c'était ?

Patient, monsieur Cavendish lui avait expliqué
cette esthétique, qui avait pour ambition de choquer,
de provoquer. Cet art s'adressait au peuple, dénonçait,
avec force, le délabrement d'une société en crise avec
ses grèves, ses assassinats, ses soulèvements, ses scan-
dales politiques et maintenant, cette horrible chose, la
guerre.

Il avait ensuite commenté les lignes, l'emploi de la
couleur, chez ces artistes. La couleur, tenez, ne devait
plus être logique, descriptive. Plutôt, il fallait qu'elle
soit percutante, s'accordant au sujet, à l'état d'âme
qu'elle souhaitait exprimer. Volekaert illustrait bien
ces intentions. Et il avait obéi, avec Ostende, à une
intuition profonde. Cette œuvre, prophétique, avait
annoncé le mal qui se répandait en Flandres.

Louis avait de nouveau interrogé la toile. Le bleu
du corps, le jaune cru de l'étoffe, sur ce rouge ; cette
porte aux battants sombres ; l'étrange nuit, si blanche... Et soudain, il voyait la peur, la violence, la
mort, l'absence implacable. Chacune de ces couleurs
parlait d'elle-même, symbolique. Tout était dans la
couleur. C'était une révélation capitale, boulever-
sante. Jamais plus il ne verrait une toile avec les
mêmes yeux.

Louis avait quitté la galerie, fasciné, ému. Il venait
d'apprendre, dans le creuset de la douleur et de la
solitude, qu'on pouvait, en cette ville, crier et être
entendu. Même d'Ostende.

Autour du piano, les invités reprenaient :

Y en a pas comme lui
Y en a pas comme lui
Si y en a, y en a peu, y en a guère,
Y en a pas comme lui
Y en a pas comme lui...

Louis souriait, pour la forme. La famille, les amis, célébraient le retour du héros et de l'enfant prodigue. Car l'aventurier, le fils rebelle n'était plus. Il s'était mué en symbole, en objet de fierté. Sa renommée venait panser quelque peu les plaies de tout ce monde. Il se sentait coincé par cette sale médaille et par les événements.

Louis avait regagné le pays au lendemain des émeutes de la semaine de Pâques, à Québec. Il était tombé en plein drame. À Hull, comme ailleurs, on était encore sous le choc.

Yvon l'avait mis au fait. La chasse aux insoumis, dans la province, avait encore compliqué la crise de la conscription. On avait mis au jour certaines méthodes employées pour traquer les récalcitrants. La Police militaire demandait à des suspects de décliner leur identité, puis déchirait leur certificat d'exemption. On les accusait ensuite de désertion. D'autres, qui attendaient une réponse du tribunal à cette demande d'exemption, se faisaient enlever en pleine rue. Les familles apprenaient ensuite qu'on les avait expédiés sur les champs de bataille.

L'indignation était à son comble, attisée par les propos de la presse de langue anglaise. Depuis l'été précédent, le ton avait encore monté ; les attaques, les injures pleuvaient. On y dénonçait les « lâches » du Québec avec une violence verbale sans précédent. Celle-ci débordait jusqu'à l'étranger où le *New York Times* avait proposé de fusiller les Canadiens français hostiles à la conscription. À Londres, les débordements de Lord Beaverbrook, ce Canadien de naissance, avaient atterré Louis. Néanmoins, il avait pensé que cette presse déchaînée était un cas d'espèce. Il tombait de haut.

Dans ce climat survolté, le pire était survenu. De nouveaux incidents, à Québec, avaient provoqué une levée de boucliers et dégénéré en soulèvement populaire. Il y avait eu quatre morts. Toute cette agitation, disait Yvon, menaçait de faire éclater le pays. Déjà, à la Législature provinciale, un député avait soumis une résolution proposant l'éventuelle sécession du Québec.

Cette tourmente menaçait maintenant le clan lui-même. Sa sœur Annie était amoureuse. Au travail, elle avait rencontré un officier torontois, un certain Geoffrey, muté à Ottawa pour la durée de la guerre. Les fréquentations allaient vite, trop vite. Annie et Geoffrey parlaient déjà de fiançailles, au grand dam de sa mère, du grand-père. Un « Anglais » ! Et ce qui n'arrangeait rien, un protestant ! La chose, déjà impensable en d'autres temps, prenait les proportions d'un scandale. La tension était vive et toute la famille, consternée, accusait le coup.

Mais on avait convenu d'oublier, pour l'instant, les inquiétudes et les dissensions. Louis méritait une fête mémorable, joyeuse. Une trêve s'imposait. Annie, ce soir, semblait sereine. Elle avait même consenti à se mettre au piano. Bella, son amie, s'était jointe à elle ; ensemble, elles venaient d'attaquer une valse à quatre mains d'une gaieté contagieuse.

Louis ne cessait d'épier sa sœur. Il savait qu'on comptait désormais sur lui pour la raisonner. Yvon, qui s'y était essayé, avait échoué. Lui, cet homme courageux, était bien placé pour faire appel à sa loyauté, au devoir d'appartenance. Malgré la révolte et le dégoût que les événements lui inspiraient, le geste répugnait à Louis. Il savait que le cœur, capricieux, ne choisit pas toujours. Tout ça lui faisait mal. Entre Annie et lui avait toujours existé une complicité silencieuse. Il se reconnaissait en elle. Encore aujourd'hui, il devinait sans peine cet être entier, passionné et secret. Il l'aimait et, connaissant son cœur violent, redoutait pour elle les suites d'une rupture.

L'été s'installa.

Louis combattait à grand-peine des accès de dépression nourris de souvenirs, de cauchemars. L'angoisse avait refait surface et tous ces déchirements, autour de lui, l'accablaient. De nouveau, il se sentait à l'étroit chez lui. C'était un si petit monde, façonné de certitudes, aux limites étroites. Et puis, Hull n'était pas Londres, où ses découvertes l'aidaient à endiguer les noires pensées qui l'assaillaient.

Cet abattement éperonnait son grand-père Adolphe. Il le pressait, l'entourait, faisait miroiter des projets. Louis était doué, instruit et de surcroît, auréolé de prestige. On entrait dans une ère de prospérité. Les affaires étaient en plein essor. Un bel avenir l'attendait. Il suffisait de vouloir un peu. Justement, il fallait s'occuper de son bras. Qu'attendait-il ? À chaque fois, Louis éludait. Il allait d'abord se remettre ; ensuite, on verrait.

Septembre vint, puis octobre.

Le front collé à la vitre, Louis regardait les feuilles du gros chêne se détacher, virevolter, avant d'aller mourir tout à fait sur le sol. L'automne pesait de toute sa tristesse sur la maison.

Le grand frère faisait son examen de conscience. Il était intervenu auprès d'Annie, cédant aux pressions du clan et à son propre malaise. L'odieux de l'affaire l'avait emporté. Annie, à bout de résistance, avait fini par rompre avec Geoffrey. Peu après, sa sœur s'était mise à dépérir. Elle dormait mal, avait perdu l'appétit. Elle maigrissait. On eut dit une flamme qui se consumait peu à peu.

Fin septembre, la grippe espagnole se répandit comme une traînée de poudre. À chaque jour s'allongeait, fulgurante, la liste des victimes. Elle frappa Annie de plein fouet, dès la première vague. Ses défenses étaient au plus bas, son moral dévasté. Une virulente pneumonie l'emporta au bout de quelques jours.

La chambre, maintenant, baignait dans la pénombre. Il regarda de nouveau le lit, puis la photo, sur la commode. Annie avait été belle et son amour pour Geoffrey avait encore illuminé ses traits. Annie... Elle ressemblait à une Madone, de celles qu'on voit sur les icônes.

De nouveau, il se sentait sale. Il se haïssait. Piégé par les événements, il s'était laissé prendre. Il découvrait qu'on peut aussi tuer avec des mots, cette arme redoutable. Il revoyait avec pitié les traits d'Annie, au soir de la rupture et soudain, il repensa à Ostende, à cette femme à l'air éperdu, sur le divan rouge. Cette figure cristallisait toutes les douleurs du monde, et les siennes, celles d'Annie. Une vanne s'ouvrit, brutalement, et Louis, poussant un violent cri de douleur, s'abattit sur le lit. La tête enfouie dans l'édredon, il pleura.

« On a signé l'armistice, à Compiègne ! L'armistice est signé ! »

Une foule en liesse se répandait bruyamment dans les rues de Hull. Les cloches des églises sonnaient à toute volée. On entendait, venues de l'autre rive, les salves du canon qui saluaient la victoire. L'euphorie était partout : la vie, la vraie vie, allait reprendre. Le siècle pouvait se remettre en marche. Louis émergeait aussi, tout doucement. Depuis sa crise dans la chambre vide, il respirait mieux. La mort d'Annie, la vision brutale de sa définitive absence, avaient marqué un tournant.

Il s'était remis à la peinture, comme autrefois. Mais il obéissait dès lors à la nécessité. Ce geste se chargeait de sens, commandé par l'urgence, le besoin, la passion.

Louis traçait sur la toile, à coups furieux, des esquisses qui dévoilaient sa douleur, sa colère et sa détresse. Cette amorce, déjà, le libérait. À cette œuvre qui prenait forme, il avait trouvé un titre, emprunté à Ravel : *Pavane pour une infante défunte.* Une autre toile germait, dans le sillage de la première, avec pour thème une procession.

Il avait vu, un jour à Furnes, celle des Pénitents, un spectacle insolite qui l'avait médusé. Des hommes, des ombres étranges en cagoules et tuniques de bure, portaient, sous un dais cramoisi, un Christ couronné d'épines et vêtu d'une chape mauve.

Cette vision l'inspirait. Il revoyait cet autre cortège, celui de ses frères d'armes, le dos chargé de pioches, de piles de sacs, de munitions, harassés, le visage livide, s'en allant à la corvée quotidienne — un défilé de fantômes souillés et frissonnants sous la pluie. Dans ce pays des Flandres, ardent, mystique et grave, les processions, spectaculaires, se faisaient parfois lugubres.

Il fallait que le monde sache et se souvienne.

Lettre ouverte à celle qui fut

Stefan Psenak

AU DÉBUT, j'ai vu Hull comme une échappatoire. Un endroit où l'on se réfugie avec la conviction profonde de pouvoir y recommencer sa vie. En laissant derrière soi des souvenirs à enterrer, des problèmes à fuir, des amours perdues qui laissent un goût d'amertume sur la langue. Et de creux sillons sous les yeux et sur les joues. Ai-je vraiment choisi Hull ? Peu importe. Au fond, je m'y suis retrouvé comme j'aurais pu aboutir dans n'importe quelle autre ville. Peut-être en partie parce qu'elle se trouve de l'autre côté d'une frontière imaginaire. De l'autre côté d'où j'ai déjà habité. Avec toi. Franchir une frontière, même imaginaire, comporte toute une symbolique. Chasser ses fantômes en revenant vers son pays. Voilà. N'arrivant jamais à les oublier complètement, on tente désespérément de les exorciser.

Je me suis donc installé dans un gentil petit appartement, rue Laval. Le Vieux Hull m'a rapidement étalé ses charmes. Et ses bars, surtout. Les premiers jours, les premiers soirs, j'ai marché, un peu à la façon des itinérants, à la découverte de tout et de rien. Moins pour savoir où se trouvaient les divers commerces et services du quartier que pour essayer de me trouver moi-même, quelque part, dans un salon dont la fenêtre donne sur la rue ou dans un resto sentant la graisse de frites. J'avais peut-être, en plus, un petit espoir de te retrouver, même si quelques centaines de kilomètres nous séparaient désormais. De toute façon, quelques centaines de kilomètres nous séparaient déjà lorsque nous étions ensemble. J'ai cessé de voir nos amis communs, aussi. Pas pour les renier, mais plutôt afin d'éviter les questions qu'ils risquaient de me poser. À ton sujet. À notre sujet. Je me suis donc emmuré dans un mutisme presque absolu.

Y. m'a téléphoné à quelques occasions pour m'inviter à aller boire une bière. Au début, je refusais systématiquement. Mais un mardi, si ma mémoire est bonne, il a frappé à ma porte et m'a traîné de force. Nous avons bu tout notre saoul ; ça m'a fait du bien. J'en avais besoin. Il a été plus qu'un ami : il s'est improvisé psychothérapeute pendant deux semaines. Par la suite, je ne l'ai pratiquement plus revu. En m'ouvrant ainsi à lui, une certaine pudeur nous a probablement empêchés de renouer une véritable amitié.

Puis, il y a eu K. Je suis sorti avec lui à trois ou quatre reprises. Et P., devenu depuis mon coloc. J'ai connu d'autres gens. Quelques-uns sont d'ailleurs maintenant de bons amis : M. C. (tu sais, notre ancienne patronne ?), je la considère comme ma deuxième mère ; N., l'éditeur du journal où je me suis rapidement taillé une place ; F. T. R., la bouillante rédactrice en chef ; L., la barmaid du *Café Van Gogh*, avec laquelle j'ai bien dû boire plusieurs centaines d'espresso. Enfin, j'ai connu tant de personnes depuis mon arrivée ici, il me serait trop long de les nommer toutes. Et il y a les endroits où j'aime me retrouver, chacun avec son petit cachet : *Le Bistro*, pour les folles soirées de drague, de bière et de musique forte ; le café *Aux Quatre Jeudis,* pour son ambiance relax lorsqu'on a le goût de discuter entre amis ; et le *Van Gogh* (je t'en parlais plus haut), pour ses airs de jazz, sa musique francophone et sa foule hétéroclite. Malgré cela, le sentiment de solitude refoulé m'habitant depuis des mois se fait de plus en plus pressant.

Ton départ m'a fait comprendre à quel point on est toujours seul. Même lorsqu'on partage son quotidien avec quelqu'un. Loin de ma famille, de mes amis, de la ville où j'ai grandi, j'ai enfin été confronté avec moi-même. Avec ma difficulté d'être et la très grande complexité qu'amène la lucidité. Je l'avoue, je me suis beaucoup questionné sur le sens de la vie. De la mienne. Et j'ai compris : vivre est une condamnation. Une sentence à purger. Tu m'as manqué, tu sais. Ta chaleur, ton sourire remuaient tout en moi. Ta peau basanée, tes cheveux bouclés. Je t'en ai voulu. J'ai tenté de te détester. Je t'ai enviée. J'étais jaloux de l'extrême facilité avec laquelle tu réussis toujours à passer à autre chose. «À l'essentiel, comme tu dis. À quoi bon ressasser le passé. La vie est trop courte pour s'arrêter aux moments douloureux. »

C'est drôle à quel point toutes les histoires d'amour se ressemblent. En tout cas, grâce à toi, jamais nous n'avons été banals. Nos crises, nos engueulades, nos bagarres, notre aptitude à toujours recommencer et, par-dessus tout, notre rupture, ont fait de nous des êtres uniques, à part. Nous avons non seulement rompu l'un avec l'autre, mais avec soi, d'abord. Du moins en ce qui me concerne. Tu t'es refait une vie, j'essaie encore de replacer les morceaux de mon casse-tête. Tu es de nouveau amoureuse, je cherche toujours qui je veux être, la seule condition pour à nouveau aimer et être aimé. Je ne sais pas si j'y arriverai. Oh! il y a bien eu B. (tu te souviens, cette compagne de travail ?) et G., une collaboratrice au journal, mais rien ne s'est vraiment concrétisé. Elles sont devenues des amies, faute d'avoir pu les séduire. B. me plaît encore beaucoup. Je voudrais qu'elle devienne un jour la mère de mes enfants, je crois. Nous en avons parlé, tu sais. Il existe entre nous une sorte d'entente tacite. Comme si nous nous apprivoisions lentement. Où cela nous mènera-t-il ? Absolument aucune idée. J'ai bien eu quelques amantes d'une nuit. À chaque fois, l'excitation s'est dissipée avec les derniers relents d'alcool ou les premières lueurs de l'aube. Pourtant, j'aurais pu établir une relation avec certaines de ces maîtresses de fortune.

Toutefois, la candeur de mes dix-huit ans m'a depuis longtemps abandonné.

De belles choses me sont cependant arrivées. Mon livre, mon lancement, auquel mes parents m'ont fait la joie d'assister, de même que tes tantes et ton oncle. Nous n'avons pas parlé de toi, l'événement ne s'y prêtant guère. Je suis retourné à Montréal, où j'ai renoué avec des amis. I., P. et plusieurs autres. J'y ai même à nouveau rencontré N., une jeune avocate connue durant mes années de collège. Une femme remarquable. J'aimerais la revoir.

Tu vois, comme je te l'avais dit avant même le début de notre relation, sans vraiment y croire moi-même à l'époque, je savais fort bien que j'allais vieillir seul. Avec mes livres, mes rêves démesurés et mon éternel besoin d'être reconnu.

La reconnaissance comme palliatif de l'inaccessible. Le succès comme artifice d'autosuffisance. La preuve ? Cette lettre, tu ne la liras jamais ailleurs que dans un livre.

4. Trappes

Un fol espoir

Richard Poulin

SERGE claqua la porte et sortit dans la nuit. À trente ans, il avait l'impression d'être un vieillard.

Treize ans d'usine chez E. B. Eddy y avaient certes contribué, mais ce n'était pas là l'unique raison.

Les causes étaient multiples : effritement journalier, bruit assourdissant des machines, bouffe exécrable — tant à l'usine qu'à la maison —, télévision, cris de ses quatre enfants et, bien sûr, « la grosse torche ».

« La grosse torche », c'est-à-dire son épouse.

Une vraie harpie, cette mégère.

Douze ans plus tôt, à l'église, en robe blanche, elle avait un charme fou. Une petite femme attrayante, jeune, pleine de vie, aimante.

Puis, s'ajoutant aux effets de grossesses répétées, année après année, quelques kilos de plus la surchargeaient. La peau satinée d'antan était désormais striée de vergetures flasques. Écœurant !

La petite femme charmante s'était muée en une abominable grosse torche, une espèce de gargouille aux jambes boudinées, aux cheveux gras, aux yeux chassieux maquillés un jour sur quatre. Une sorte de goinfre avalant chips et pepsi sur pizzas et hamburgers.

Il n'avait pourtant pas toujours pris les choses de cette façon.

Au début, ça avait été tout le contraire. Il la plaisantait tout gentiment.

Les premiers kilos ne gonflaient-ils pas sa poitrine plutôt maigrichonne ?

Dans le lit, caressant très délicatement le bout de ses seins, il avait murmuré :

— T'as les plus beaux totons en ville. Depuis que j't'ai mariée, y arrêtent pas d'prendre d'l'ampleur et d'me donner un terrain d'jeu ben l'*fun*.

À cette évocation, Serge sentit sa poitrine se nouer.

C'était... c'était comme une autre femme.

Il démarra la Ford.

« *Hull by night* », songea-t-il en ricanant tandis que le froid, soufflant en rafales bruyantes, entrait par la glace ouverte, lui arrachant des larmes.

Il arrêta sa voiture sur le pont de la rue Montcalm et s'attarda à contempler le ruisseau de la Brasserie.

Il y était venu, autrefois, la nuit. Des nuits d'été chaudes et presque moites. Rien à voir avec celle-ci.

Malgré la basse température, il gara la Ford dans le stationnement du restaurant *Las Palmas*, revint sur le pont et s'accouda au parapet afin d'admirer l'éclat conjugué des lumières de la ville et de la lune dans l'eau noire.

Cet ensemble d'impressions le bouleversait.

Quelque chose de glacé se mélangeait au reflet bleuté de ces milliers de petits astres miroitants dont son père disait qu'ils étaient l'âme de la vie et de l'amour.

Son père !

Serge sourit, ému.

Un sacré gars, son père.

Pas un dur, ni un affreux comme Hull semblait en produire à la chaîne.

Plutôt une espèce de poète, un type qui lisait Émile Nelligan et plein d'autres auteurs. Presque un intellectuel !

Lui aussi était ouvrier chez E. B. Eddy.

La famille s'entassait dans une petite maison allumette, détruite depuis pour laisser place aux affreux édifices gouvernementaux. Cette maisonnette était secouée à chaque passage des autobus et des camions.

Très drôle quand le plancher, pris de tremblement, secouait le berceau du dernier-né plus efficacement qu'une dizaine de bonnes à bébés de richards.

Et puis un jour, le père était disparu.

Quinze ans.

Quinze ans d'absence avec juste, de loin en loin, une lettre venant des Prairies ou de la Colombie-

Britannique — le bout du monde ! — où d'une écriture fine, le père s'appliquait à de très beaux poèmes ornés de fleurs séchées soigneusement collées.

Il n'était revenu que pour mourir, brutalement, en quelques jours.

Sa mère — tiens, elle ressemblait à « la grosse torche », celle-là — avait engueulé son père comme du poisson pourri, lui qui tenait à peine sur ses maigres jambes, flageolant, titubant, se retenant, crispé, au dossier d'une chaise de la cuisine, les yeux baissés.

Puis, elle l'avait éjecté.

Il était mort à l'hôpital sans que Serge ne puisse le voir une dernière fois.

Serge secoua la tête et reporta son attention sur le ruisseau de la Brasserie et les centaines de petites lumières qui dansaient à sa surface.

Il ne lui en voulait plus au père. Avec une femme comme « la grosse torche », il le comprenait maintenant.

Sauf que, bien sûr, son rêve d'enfant — écrire, devenir poète — avait chaviré.

Inutiles, les centaines d'heures passées, les longs jours d'été et les courtes soirées d'hiver, à lire et à relire les livres que lui offrait son père.

Inutiles, ces pauvres rêves fous et ambitieux de devenir quelqu'un capable par les mots, par la seule force des mots, de bouleverser l'âme des gens et de transformer, un court instant, leur vie. Faire rêver, pleurer, rire… Faire autre chose que de trimer sur une machine, le cerveau vide…

— Pas juste, murmura-t-il, en levant le visage vers le ciel.

Mais le ciel semblait s'en crisser royalement du petit Serge et de sa vie ratée.

Oh oui ! il l'avait ratée sa vie !

D'abord, petit garçon quittant l'école rapidement pour rencontrer « ses » poètes. Puis, quittant définitivement l'école, un secondaire III en poche, pour travailler dur, faire des heures supplémentaires et des petits boulots au noir pour aider, au début, sa famille monoparentale, ensuite nourrir sa propre marmaille et, enfin, « la grosse torche » qui bouffait comme quatre.

C'était un peu comme si — il hocha vigoureusement la tête à cette idée — il revivait, cette nuit, le choix paternel.

On avait dû se tromper quelque part et, si c'était Dieu la cause de cette maudite vie de chien, alors on avait affaire à un ciboire de beau salaud !

Parce qu'il y avait erreur !

Une grave erreur !

Pas prévu comme ça, au départ.

Au départ de son père.

Au lieu de ce cul-de-sac où il pourrissait, Serge aurait dû vivre une vie créative, enrichissante.

Pour la première fois depuis quinze ans, Serge se mit à pleurer.

Il arrêta son tacot boulevard Saint-Joseph et jeta un regard sur l'immense immeuble à logements qui sentait à plein nez la pauvreté et l'assistance sociale.

Un *chum* habitait là. Un vieux copain de chez
E. B. Eddy.

Peut-être qu'il pourrait aller le voir ? En espérant
que le *chum* en question ne fût pas rivé à la partie de
hockey.

La partie de hockey !

Tout juste la cause de son engueulade avec « la
grosse torche ».

La vache — sachant bien ce qu'elle faisait —
avait éructé :

— J'vas écouter l'émission ousqu'y a Céline Dion.

— Céline Dion ?

Elle lui avait envoyé un regard meurtrier.

Et puis, là-dessus, comme il s'allumait une rou-
leuse, « grosse torche » s'était mise à gueuler « Dion,
Dion, Dion ! » Les enfants hurlaient... Le voisin tapait
au mur...

Il avait laissé *La Soirée du hockey* qui présentait une
joute opposant les Canadiens aux Nordiques.

Dur !

Non seulement elle niaisait toute la semaine
devant le petit écran, mais, en plus, elle lui sabotait sa
seule soirée.

Il s'était retrouvé dehors, tout seul, sans but.

En pleine nuit.

Pour la première fois depuis son mariage !

Sur le trottoir, à quelques mètres du portique
vitré, Serge vit la fille sortir de l'immeuble. Il eut
l'impression d'être un vieux piston au moment de
l'ultime explosion de sa carrière...

Sûrement une fille de la haute qui s'était trompée de bâtiment.

Le vent ne faisait pas de ces distinctions-là.

Une saute brutale avait soulevé la jupe de soie... Deux longues jambes... Des bas noirs et une peau albâtre près du porte-jarretelles.

Quelque chose — avec le vent sous la jupe — de *monroesque*. Le summum de l'érotisme. À la fois éternel et... poétique. Oui! poétique! Terriblement poétique!

Il se sentit comme un personnage de bande dessinée. Celui dont les yeux sortent et rentrent à toute allure des orbites lorsqu'il reluque LA femme, le plus beau petit pétard du monde qui, avec un seul battement de ses immenses cils, chamboule le cœur de tout un chacun.

La fille aux longues jambes — le noir des bas et le blanc de la chair — s'avançait vers lui. Il crut, quelques fugitives secondes, que c'était prévu comme ça depuis toujours : une fille de rêve, toute chaude, toute belle, bien habillée, maquillage impeccable, peau douce, bouche sensuelle, venant vers lui, pour lui.

Une petite poupée comme dans les magazines, là, au cœur de la nuit. Une de ces filles auxquelles il songeait, le soir, en se masturbant, puisque, depuis deux ans, il n'avait pas touché à la « grosse torche ».

Peut-être qu'on s'était enfin rendu compte de l'erreur ?

Peut-être que c'en était fini des odeurs de graisse, des enfants qui braillent, des cadences et de la « grosse torche » ?

La fille arrivait à sa hauteur. Il risqua :
— Bonsoir !
Un regard glacial, une bouffée de parfum, un bruit de hauts talons sur le macadam gelé ; elle était passée.
Pas possible !
Il se retourna et la vit s'engouffrer dans un taxi qui l'attendait.
Alors, il courut à sa voiture et décida de suivre le taxi.
Enfin, d'essayer.

Serge avait brûlé quatre feux rouges, risqué l'accident à deux ou trois reprises, mais ça marchait : le taxi était toujours en vue.
Hull by night. Le boulevard Saint-Joseph, trop éclairé, la rue Montcalm toujours aussi sombre, la rue Wellington vidée de vie, la rue Laval grouillante et sonore...
Le taxi s'arrêta, clignotants allumés, au coin des rues Laval et Aubry.
La fille en descendit.
Démarche rapide, léger balancement des hanches, croupe ondulante et, sous la jupe, les longues jambes, les bas noirs...
Serge avala sa salive, stationna la Ford et, à la course, réussit à suivre la fille dans la rue Aubry.

Serge avait un peu l'impression d'être à côté de la *track.*

Pas étonnant après toutes ces années sans sortir.

Fascinant de penser que, pendant qu'il regardait la télévision, des milliers de gens allaient au restaurant ou dans les discothèques.

Il s'assombrit en s'imaginant pénétrer dans un bar en compagnie de la « grosse torche ».

Triple honte.

Honte de sa femme.

Honte à l'idée de la fille de rêve le croisant avec elle.

Honte, enfin, d'avoir honte.

Compliqué, tout cela.

Il reporta son attention sur la fille et, s'obligeant à ignorer ses fesses sous la soie, jaugea sa silhouette.

Une fille plutôt grande et...

... Et il entrevit sa chance.

Sur promenade du Portage, deux petits *bums*.

Il eut le sentiment que cela arrivait uniquement parce qu'il l'avait espéré.

Comme au cinéma dans un scénario de série B.

Les deux petits *bums* avaient coincé la fille qui, dos au mur, semblait éperdue.

L'un deux, agressif, lança :

— *Come on, baby! suck my cock!*

Le cœur battant la chamade, Serge bondit.

Littéralement.

Une vraie aubaine la façon dont cela s'était présenté.

Ses doigts se refermèrent sur les cheveux longs, les têtes s'entrechoquèrent, l'un des jeunes balbutia :

— *Please... please mister... please.*

Grand seigneur, il les avait alors lâchés.

— Y vous importun'ront pus, ma'm'zelle.

Comme elle hésitait, il la détailla.

Pas une fille, mais une femme. La trentaine. Le rêve quoi !

Désirable et...

— Merci ! lui dit-elle.

Gagné !

Elle lui avait souri.

Enchaîner, vite ! Lui dire quelque chose !

Mais quoi ?

Les cadences ? Le hockey ? La « grosse torche » ? Sa vie de raté ? La poésie qu'il ne lisait plus ?

— De rien ! réussit-il à marmonner.

Nouveau sourire — qui le fit chavirer —, nouvelle bouffée de parfum, nouveau départ.

Déception et colère contre lui-même se disputaient le terrain.

Un terrain déjà dévasté et chaotique qui se prénommait Serge et qui, enfant, composait des odes à l'amour, lui qui, maintenant, n'arrivait pas à sortir les quelques mots simples qui peuvent retenir le rêve, la femme, les instants cruciaux, vitaux même, sans quoi...

« Cé pas vrai ! » ragea-t-il.

Muet dans un moment aussi critique, comme s'il n'avait pas parlé depuis quinze ans.

Muet comme ce père parti sans rien dire.

Curieux, l'image de son père lui traversant l'esprit ! Surtout avec ce petit cul fabuleux, juste devant, en pleine nuit...

Il la suivait encore, mais de plus loin.

À proximité de la maison du Citoyen, il comprit qu'il serait plus difficile de lui parler et entreprit de regagner le terrain perdu.

Il était presque rendu à sa hauteur et se préparait à lui proposer de l'accompagner.

Sauf qu'elle venait de s'immobiliser près d'une BMW garée en face de l'hôtel de ville, rue Laurier, de biais à l'usine Scott, celle qui recyclait les livres invendus, mis au pilon, et en faisait du papier de toilette. Même poète, Serge le sentait au plus profond de lui-même, il aurait fini par ne servir qu'à torcher les c...

Comme maintenant.

Son rêve s'effrita en mille petits morceaux.

Son père avait été, lui aussi, un raté de première.

C'était génétique, son affaire.

Obligatoire.

Sans issue.

« Non ! hurla son âme. »

Maintenant ou jamais, il lui fallait changer le destin.

Sa chance, sa dernière chance, était là, devant, à portée de voix.

Un gars était immédiatement descendu de la BMW. Un gros tas aux cheveux argentés. Un gros plein d'argent qui aurait été mieux assorti avec la « grosse torche ».

Une confusion dans les couples.

Il se planta devant le « gros plein de soupe » et, souriant, d'une voix rauque, l'apostropha :

— Erreur, mon gros, la fille est pour moé.

— Qu'est-ce que tu dis, morveux ?

« Morveux » ?

Ce n'était pas bien de le traiter comme ça.

Pas bien du tout.

Surtout pas devant la fille.

Alors, il pensa aux défaites. Aux siennes. À celles de son père. Au papier de toilette…

Les défaites, c'était toujours face à ce genre de gars.

Sans quitter la fille des yeux, il gueula comme un putois :

— Toé mon gros, tu vas payer, m'as t'tuer !

Il lui sauta dessus.

S'agrippant à lui de toutes ses forces, il tenta de le prendre à la gorge.

Un coup de genou dans le bas du ventre, asséné par le « gros plein de soupe », lui fit lâcher prise. Serge s'écroula lamentablement sur le trottoir.

Les yeux pleurant d'une douleur amère, il regarda la fille monter dans la voiture, vit une dernière fois ses jambes, les bas noirs, devina la blancheur de la peau.

La BMW démarra sur les chapeaux de roue.

De peine et de misère, Serge se releva. Son sexe lui faisait atrocement mal, lui rappelant qu'il ne lui servait plus qu'à… qu'à quoi déjà ?

Un dernier coup d'œil sur l'usine Scott.

Un dernier coup d'œil sur sa vie.

Serge fit le vide, le grand vide.

Il renifla un bon coup, s'essuya le nez et mis le cap sur la taverne la plus proche, animé par le fol espoir — le seul qui lui restait — de voir la fin du match de hockey.

À l'italienne

Claire Desjardins

*L*E *SANTARNO* était rempli à craquer ce soir-là. Assise au bar, Fiora sirotait martini sur martini. À la fin de chaque pièce musicale, exubérante, elle applaudissait. Bruno l'invita à danser une fois, deux fois. Puis, il eut des rivaux.

Visiblement, Fiora raffolait de la danse. Son corps souple, habillé d'une robe bigarrée, ondulait comme les mèches de son épaisse chevelure frisottée. À ses poignets, des bracelets cliquetaient. Elle ne parlait pas ni ne regardait ses partenaires. On aurait dit que, pour cette inconnue, seule comptait la gestuelle de la danse.

C'est Bruno qui termina la soirée avec Fiora. Attablé devant elle au *Café Cognac*, il croisa enfin son regard et vit bien son visage. Les yeux bruns magnifiques laissaient deviner l'opiniâtreté. Le teint bistre présupposait que la femme était étrangère.

Après un début de conversation difficile, Bruno et Fiora parlaient maintenant à bâtons rompus.

— T'é Italienne, je m'disais aussi. T'as pas l'accent d'icitte. Et les martinis rouges que t'enfiles...

— Vous n'aimez pas les martinis ?

— C'é pas ça. Comment tu fais pour boire du rouge, pi encore du rouge ? Moé, j'sus pas capable.

— J'ai remarqué que les gens d'ici aiment bien la bière et l'alcool. Moi pas. Je viens de Pistoia en Toscane. Je suis fille de marchand de vin et, chez moi, on boit du rouge de père en fille. J'adore le vermouth.

— Ça fait longtemps que t'é arrivée à Hull ?

— Deux mois. Et pour répondre aux autres questions, je travaille dans une agence de voyages, j'ai une chambre sur la rue Laurier et je vis seule. Vous êtes content ?

— Ça, ça s'appelle clouer le bec à què'qu'un !

— Je n'aime pas les questions, voyez-vous !

— J'vois, j'vois. C'é même à cause de ton p'tit air pas comme les autres que j't'ai invitée à danser. Tout l'monde te r'gardait aussi.

— La musique entre en moi et je me laisse entraîner par le rythme. Ma grand-mère était Espagnole. Une gitane. C'est elle qui m'a donné le goût de la danse.

Le mot « gitane » fit frissonner Bruno. Se mit à défiler dans sa tête un monde étrange, plein de rites occultes : des hommes et des femmes aux vêtements colorés, fripés, et aux bijoux voyants ; des caravanes de nomades. Mais Fiora parlait enfin. Il perçut dans le regard soudain troublé par l'évocation du pays et de la famille un élan de tendresse et une pointe de nostalgie. Cela suffit à l'émouvoir, lui, le tendre endurci.

Il la reconduisit à sa chambre et offrit de la guider dans l'Outaouais à sa convenance. « Demain, c'est jour de congé, dit-elle. À treize heures ici, ça vous va ? Bonne nuit, *amico*. »

Dès son entrée dans la chambre, le lendemain, Bruno fut étonné : Fiora ne vivait pas seule. Des dizaines de photos tapissaient les murs. Certaines montraient des groupes en fête ; sur d'autres, elle était accompagnée d'un homme et d'un enfant qu'elle serrait dans ses bras. La curiosité de Bruno se réveilla. Mais, déjà maté, il ne posa pas de questions.

Le couple roula dans la ville.

— Il doit bien y avoir des vieilles pierres ici ? Bruno, montrez-moi des vieilles pierres. Les édifices modernes ne m'impressionnent pas.

« La casseuse de pieds ! » pensa Bruno. Les vieilles pierres... les vieilles pierres... Elles étaient rares à Hull et c'était bien ainsi. Lui préférait le moderne. Il chercha quand même, pensa au Théâtre de l'Île. « Ce ne sont pas de vieilles pierres », fit observer Fiora dès qu'elle eut traversé le petit pont du ruisseau de la Brasserie.

Bruno se souvint de quelques résidences anciennes situées dans un secteur autrefois dénommé *La Petite Argentine*. Ils s'y rendirent. Fiora se planta en plein milieu de la rue pour examiner le style des maisons.

Bruno, qui ne comprenait rien à son engouement, en était presque gêné.

— Pas très anciennes, dit Fiora.

« Difficile à contenter ! » pensa Bruno.

Il la conduisit dans le parc de la Gatineau, lui fit visiter le domaine Mackenzie-King. Elle hocha la tête.

Bruno aurait voulu retourner danser au *Santarno* ce soir-là, mais elle devait rentrer. Ils se revirent au cours des semaines suivantes. Certains soirs où elle téléphonait à l'étranger, il se sentait exclu de son monde. Il attaqua le sujet dans le parc Jacques-Cartier, un samedi où le temps était à l'orage.

— J'sais pas si t'é vraiment intéressée à moé.

Il pensait aux photos, aux vieilles pierres, à ses téléphones à l'étranger.

— Pourquoi dites-vous cela ?

— J'me demande si tu vas rester icitte. C'é comme si t'étais encore en Italie.

— Vous ne comprenez pas, Bruno. Je ne peux pas tout changer tout de suite. Il me faut du temps. Et dans ma vie passée…

— Ouais ! Ta vie passée, tu pourrais m'en parler. Ça t'ferait du bien, j'sus certain.

— Vous avez sans doute raison. Mais il faut que vous me promettiez le secret.

— Promis.

— Venez chez moi. Je vais vous raconter. Je vous répète, il faut garder le secret.

Dans la chambre, il y avait un sofa-lit mœlleux qui débordait de coussins, de brochures et de dépliants de voyages. Bruno s'y tailla une place. Fiora vint le rejoindre avec deux verres et une bouteille de rouge. Elle lança ses souliers à l'autre bout de la pièce, allongea ses jambes fines. Lui, un peu chaviré, n'était plus sûr de vouloir l'entendre parler. Il aurait même été prêt à ignorer son passé.

Fiora pointa du doigt les photos sur le mur.

— Vous voyez là...

Enhardi par l'intimité de la chambre, Bruno avança :

— Tu peux pas dire « tu » comme tout l'monde, sacrifice ?

— Bruno, ne vous emportez pas. Donnez-moi du temps. Je tutoie seulement les intimes. Ça viendra peut-être... Je disais donc que sur les photos, vous voyez mon mari, mon garçon Arno et nos familles. Je les ai laissés à Pistoia.

— Pourquoi ?

— Je vivais dans la peur. Mon mari me faisait la vie trop dure. Une amie qu'il ne connaît pas s'occupe du petit Arno. Si vous saviez comme cet enfant me manque. Je lui téléphone plusieurs fois par semaine.

— Enfin ! À un ami, on raconte sa vie. C'était l'temps. Parce que moé, j'ai des principes, j'sors pas avec les femmes mariées.

— C'est terminé avec mon mari.

— Pourquoi t'en venir au Québec ?

— C'est un endroit où il fait bon vivre, n'est-ce pas ? Et je voulais fuir le plus loin possible, fuir et oublier pour commencer une nouvelle vie. J'en ai connu des difficultés. J'ai repris mes études que j'avais abandonnées, très jeune. J'ai travaillé à l'extérieur de la maison. Selon mon mari, je suis une femme beaucoup trop émancipée. Et beaucoup trop volontaire…

— C'est sûr. Y fallait que tu sois décidée pour v'nir d'Italie jusqu'icitte.

— Je préparais mon évasion depuis deux ans. Je suis petite-fille de gitane. Le nomadisme ne m'effraie pas. Mais il ne faut pas que mon mari me retrouve ! Sa colère serait terrible.

— J'en r'viens pas !

— C'est ma grand-mère qui nous a poussés à nous marier. Nous étions bien jeunes alors, et j'aimais tellement ma bonne vieille *nonna*. C'est elle qui m'a pratiquement élevée. J'avais six ans quand ma mère est morte.

— Tu m'parles d'un monde que j'connais pas. Moé, j'ai toujours resté à Hull. Près d'ma famille. On é du monde tranquille, sans problèmes. On s'croirait au cinéma à t'entendre.

— Pauvre Bruno. Je vous… je t'en raconte des choses, parvint-elle à prononcer. Mais c'est toi qui l'as voulu. Verse-toi un verre. Oublie mes problèmes.

— Si tu mettais un peu de musique, on pourrait danser. Y a rien d'mieux pour relaxer.

Ils s'enlacèrent dans le petit carré entre le sofa et la table. Il oublia le mari gitan et la pressa contre lui. Dehors, la pluie se mit à battre la vitre à grands coups. Le jour tomba sur leur désir de sentir la vie bien ancrée au creux de leurs corps.

Ils se virent plus souvent, retournèrent danser au *Santarno*. Ils cherchèrent ensemble d'autres vieilles pierres. À l'occasion, Fiora invitait Bruno à passer la nuit chez elle. Le jeune homme découvrit peu à peu la femme sensuelle, véhémente, la femme torturée, suspendue à la voix de son fils au téléphone.

Fiora apprit par le journal *La Stampa*, reçu grâce à l'amie italienne, que son mari les faisait rechercher, elle et leur fils. Elle connaîtrait donc toujours la peur ! Elle ne pouvait sans danger faire sortir son fils d'Italie. L'amie qui gardait Arno changea de ville de crainte que le père ne les découvrît. Bruno l'impavide, lui, veillait : il observait les étrangers arrivés en ville. Une fois, il crut remarquer un homme qu'il avait vu sur les photos dans la chambre.

Un jour où Bruno avait été dépêché à l'extérieur de la région pour son travail, Fiora alla au Théâtre de l'Île.

Un promeneur, qui profitait du soleil de juin sur la petite île du Théâtre, buta sur un soulier de femme. Un peu plus loin, il vit, coincé entre deux roches noires du ruisseau de la Brasserie, un pan de tissu bigarré qui s'agitait au gré des vaguelettes. Tout près de là, sur une vieille pierre, gisait une femme nue à la peau bistre.

La panthère

Michel-Rémi Lafond

U NE HEURE du matin. Accroché à la clôture molle, fumant cigarette sur cigarette, il attendait fébrilement que quelqu'un passe. Grand, filiforme, il ressemblait à un Brésilien indolent. Lorsqu'il se déplaçait, sa démarche lente et légèrement ondulée contrastait avec son visage crispé. Il sifflotait en sourdine pour garder une contenance.

Peu de circulation dans cette petite ville du nord de l'Amérique. Quelques passants attardés, un ou deux cyclistes. Certains lui jetaient un regard furtif qu'il soutenait, d'autres l'ignoraient. Parfois, il faisait un signe de la tête, parfois, il saluait timidement de la main. Il cherchait le bonheur, la poursuite folle du rêve, celui auquel on s'accroche et duquel il est difficile de décrocher, là où réalités et projets se fusionnent ; là, dans l'éclatement du bonheur instantané, fébrile, infime.

Un cycliste, de noir habillé, s'était aventuré dans les parages. Il aimait ce sentiment que la rue puisse lui appartenir. La nuit, il circulait lentement, pensant aux êtres qu'il aimait, voulant oublier ceux qu'il avait trop aimés. Cœur heureux. Cœur éclaté. Ses rêves, il les tenait à bout de bras.

Il risquait. Il jouait avec la vie, la mort, le destin. Hasard ou nécessité. Un peu des deux, dirait-il. Il confierait aussi que la nuit, si elle porte conseil, cache en son centre des terreurs.

En son mitan, ces deux figures solitaires se rencontrèrent pour des raisons différentes. Andy traversa la rue. Pierre s'abreuvait à la fontaine du parc. Andy l'aborda simplement avec un sourire. Il tendit la main. Pierre craqua, happé par le désir dans une zone dangereuse, celle des phantasmes qui surgissent, des passions qui déroutent et tuent. Pierre se retrouvait dans une jungle dont Andy connaissait bien les sentiers, les rues, les venelles. Il logeait au cœur même du malaise urbain.

— Chaude nuit, dit Andy avec un fort accent anglais.

— Oui, reprit Pierre sans trop savoir quel comportement adopter.

— Qu'est-ce que tu fais dehors à cette heure… Et en vélo en plus ?

— Je réfléchis.

— Ah ! fit Andy surpris.

Un silence s'installa entre eux. Pierre reprit une gorgée d'eau puis risqua.

— Et toi ?

— J'ai besoin d'argent. J'viens tout juste d'arriver à Hull et la fin du mois approche. J'n'ai plus un rond. *So* !

— Ça veut dire quoi au juste ? interrogea Pierre.

— Ça veut dire que j'me prostitue, affirma hautement Andy pour marquer que c'était là un métier comme un autre.

Pierre recula légèrement et voulut partir.

— Hé ! *don't worry*, mon ami, *trust me* ! Pour trente ou quarante dollars, t'auras ce que tu veux et moi aussi. On s'arrange comme ça.

Pierre avait pris le parti de quitter sans le brusquer. En même temps, il était attiré par le beau regard qui l'embrassait. Andy rapprocha son corps souple.

Pierre restait paralysé, vulnérable. Il ne pouvait accepter l'idée de commencer une relation sur cette base. Il savait qu'il ignorait tout de ce milieu. « Où cela me mènera-t-il ? » pensa-t-il, songeur.

Andy se voulait rassurant et stimulant. Il avait adopté une position intimiste faite de confidences sur ses malheurs, ses projets. Il parlait de sa mère, *a rich bitch* vivant en Californie ; de son père, *an asshole* résidant à Toronto.

Pierre l'écoutait attentivement, incapable de saisir le jeu et les enjeux du discours.

— On va chez toi, dit Andy de but en blanc.

— Non, je n'ai ni le goût ni envie... répliqua Pierre, surpris par l'empressement de son vis-à-vis.

— Allez, *come on,* insista-t-il. J'te jure, tu ne regretteras rien.

La question du désir, le problème du tabou, la frontière entre le normal et l'anormal s'offraient à Pierre. Sa fragilité lui sautait en pleine figure. Il voyait naître un conflit dans sa conscience, conflit masqué par ce qu'il avait trop longtemps pris pour la bêtise morale. Il n'était pas du genre à se servir de la moraline pour agir.

— Pourquoi pas ? dit-il avec assurance.

— *All right, man* ! *Let's take a cab* !

— Non, je n'ai pas un sou sur moi.

— O. K., chantonna Andy, piaffant d'impatience.

Ils marchèrent un long moment, côte à côte, sans dire un mot.

Pierre est de ceux qui, parole donnée, ne reculent pas ; il est de ceux qui, naïvement, font confiance aux autres.

Andy le savait déjà.

Ils arrivèrent à l'appartement de Pierre.

Il se passa peu de choses sinon quelques attouchements pudiques et furtifs d'adolescents coupables.

Andy regarda sa montre.

— J'dois partir. Appelle un taxi.

— Oui mais… d'accord…

— *Don't forget,* tu m'donnes quarante dollars plus taxi.

— Mais…

— Mais oui. On s'est entendu là-dessus, non ?

— Bon, reprit avec étonnement Pierre qui ne comprenait pas bien ce qui se déroulait dans son appartement de la rue Boucherville.

Andy monta dans la voiture. Juste avant que le chauffeur démarre, il lui lança :

— Hé ! Pete, ton numéro de téléphone, c'est quoi ? T'es un gars *cool.*

Pierre le lui donna machinalement.

Le lendemain, minuit et demie, la sonnerie du téléphone retentit.

— Pete, Andy qui parle. Écoute, j'passe te prendre, puis on rencontre un ami et on va à la maison.

— Je...

Il avait raccroché. Pierre sentait un piège. Tout tournait autour de lui. Curieusement, il s'imaginait englouti. Il interprétait mal son malaise.

Un taxi s'arrêta devant la maison. Andy en descendit resplendissant.

— Qu'est-ce que tu attends ? demanda-t-il avec une pointe d'ironie.

— Rien et je vais nulle part, reprit Pierre sur un ton peu convaincant.

— Quoi ?

— Je vais nulle part. Je reste ici. Tu entends ?

— Écoute, j'ai organisé plein de choses pour toi et moi, et tu refuses ?

— Ouais !

— De toute façon, tu vas devoir venir.

— Pourquoi au juste ?

— D'abord, j'ai pas d'argent et tu vas me prêter soixante dollars, juste soixante. Mais tu dois venir avec moi, lui intima-t-il.

— Je ne te connais pas, je ne sais rien de toi, alors…
— Tu as peur ?
— Non !

Le regard du jeune homme, l'impatience du chauffeur de taxi et le va-et-vient des voisins eurent raison de Pierre.

L'univers bascula à ce moment précis. Pierre, pourtant résolu à s'autodiscipliner, accepta de participer à la singulière aventure que lui proposait Andy.

Installé sur la banquette arrière, Pierre regardait le cimetière du boulevard Taché tandis qu'Andy fumait nerveusement.

— *Sorry for yesterday*, dit-il contrit, tout en lui prenant la main.

— Ça va, ça va.

Andy indiqua les détours au chauffeur de taxi qui les débarqua sur Montcalm près de la rue Lois, après un périple au centre-ville. Andy paya la course. Il pressa le pas et demanda à Pierre de l'attendre dans la cour attenante à une maison basse et crasseuse. Il avait des affaires à régler avec un ami, avait-il pris le soin de préciser.

Andy avait sonné depuis un bon moment. Il attendait, jetant un œil inquiet autour de lui. Il faisait noir. La nuit était moite. Les cris d'une femme retentirent. Craintif, il flaira un danger. Il bondit par-dessus la balustrade pour atterrir près de Pierre, spectateur muet, qui esquissa un sourire. Telle une panthère, il reprit sa place près de la porte où il s'engouffra.

Pierre, préoccupé par ce qui se passait, se sentit envahi par la confusion. Incrédule, il niait ce qu'il voyait. En fait, il constatait ou plutôt il supportait. Puis, un éclair lui traversa l'esprit. Andy était entré dans une piquerie. Il décida de partir.

Trop tard.

Andy l'avait rejoint en courant. Il héla un taxi. Ils y montèrent. Arrivés à destination, Andy lui demanda de régler la course. Pierre, encore sous le choc, lui répliqua qu'il n'avait plus d'argent. Ulcéré, Andy claqua la portière en le menaçant de le tuer s'il ne trouvait pas ce qu'il fallait. Pierre rentra chez lui.

Une fois au lit, le calme revint peu à peu. L'agressivité fit place à une profonde lassitude. Il savait déjà qu'il ne serait plus jamais le même. Il ne se percevait plus de la même façon.

Il distinguait mal le réel et l'imaginaire. Il sentait sa chair se retirer. Il ne maîtrisait plus sa liberté. Une révolte sourde et meurtrière l'affleurait. Il refusait de se prêter à ce jeu absurde. Il dérivait.

Il s'endormit.

Il fit des cauchemars.

À la porte, des coups violents et saccadés le réveillèrent. Dissimulé derrière les rideaux tirés, il regarda dans la rue. Il aperçut un taxi arrêté. On frappait encore plus violemment. Pierre refusait de répondre. Il paniquait. Andy, félin, sentit sa présence. Il voulait lui parler, s'excuser, disait-il. Pierre entrouvrit la porte.

— Écoute, j'ai des problèmes, je dois rembourser quelqu'un sinon il va me tuer. Tu m'prêtes soixante dollars et les frais de la course. J'te remets la somme demain. J'te l'jure. Crois-moi.

— Désolé, je n'ai rien sur moi, ni dans la maison.

— Je ne quitterai pas tant que… dit-il poussant Pierre en même temps qu'il mettait les pieds dans l'appartement.

— Des menaces ? grommela Pierre.

— Non, j'ai peur, cria-t-il, en versant quelques larmes.

— Je ne peux rien faire pour toi, reprit Pierre, à bout de nerfs.

— Écoute, *man*, il a ton adresse et ton numéro de téléphone. Il est dangereux. *If you don't pay, you'll get serious problems. You understand* ? vociféra-t-il.

— Je n'ai rien à faire avec qui que ce soit, répliqua Pierre, ébranlé.

— Oui, mais moi, dit-il en haussant le ton, si j'meurs… Tu n'vas pas me laisser crever ! Toi aussi t'es en danger. Appelle la police si tu veux, je préfère la prison.

— Je te répète que je n'ai rien ici, c'est clair ?

— Tu vas à la banque, c'est tout, ordonna-t-il.

— Non, cria Pierre.

— O. K., j'reste ici et le taxi attendra.

Pierre désirait le voir partir, disparaître, s'évaporer. Il aurait voulu être, à ce moment précis, un magicien ou un personnage de science-fiction et le désintégrer.

Ils quittèrent tous les deux en direction de la banque sise sur promenade du Portage. Il lui remit quatre-vingts dollars en lui signalant qu'il voulait voir la couleur de l'argent le lendemain, que c'était la dernière fois et qu'il en avait ras le bol.

Andy le serra dans ses bras en lui disant qu'il le sauvait.

Pierre n'en croyait rien.

Il rentra chez lui bousculé dans ses pensées. Il se réfugia dans la chambre. « Inutile de tomber dans le drame, se dit-il, je dois maintenant échapper à cette descente aux enfers. » Il jeta un coup d'œil à sa montre. Quatre heures du matin. Le temps et l'espace s'étaient désagrégés. « Tant pis », pensa-t-il, étourdi par la fatigue, la honte, la culpabilité. Sa main droite tapait sur sa cuisse. Sa langue et sa bouche avaient épaissi. Il avalait avec peine. La nausée le prit.

La sonnerie du téléphone retentit.

Il décrocha involontairement.

— *Hi, Andy speaking*, j'ai obtenu deux cents dollars. J'te dois combien ?

— Je ne sais pas, cent vingt dollars peut-être.

— O. K., t'as le change ?

— Non, bien sûr.

— *So*, va chercher le change. J's'rai chez toi dans une heure pour te r'mettre ce que j'te dois.

— Mais...

Il avait déjà raccroché.

Pierre, nerveux et effrayé, attendit dans le salon. Sceptique, il jugeait que tout était encore possible. Au bout du mensonge, la vérité pouvait de nouveau poindre. L'espoir le faisait vivre, même l'espoir abîmé. « Les fleurs poussent bien sur le fumier » avait-il pensé, à son retour du guichet automatique.

Une auto s'arrêta devant. Andy en descendit. Pierre ouvrit la porte. Andy le somma de lui remettre d'abord les quatre-vingts dollars. Ils parlementèrent. Ils argumentèrent. Pierre exigeait des garanties. Andy lui raconta que son ami était un *dealer*, qu'il voulait la monnaie d'abord. Pierre refusa net. Le ton monta. Pierre résistait. Andy lui pointa un couteau à cran d'arrêt sur le ventre et lui intima de donner l'argent. Pierre obtempéra. Andy courut vers la voiture qui démarra en trombe.

Pierre aurait voulu crier.

Décontenancé, il se rendit à sa chambre.

Ses craintes et ses peurs le poursuivaient encore.

Il portait le deuil, son propre deuil.

Le téléphone sonna longuement.

Pierre figea dans le lit. Son sang ne fit qu'un tour. Il se recroquevilla. Il crut qu'il avait fait un long cauchemar. En revanche, il connaissait la réalité. Quelque chose s'était brisé cette journée-là.

Il savait qu'il voulait vivre.

Vivre autrement.

Le téléphone sonna encore et encore.

L'héritage du vieux

Jacqueline L'Heureux-Hart

ÉLODIA était un amour d'enfant. De caractère enjoué et rieuse, la bambine faisait la joie de ses parents. Ils lui avaient donné un prénom inusité qui, dans une ville bilingue comme Aylmer, ne passerait pas inaperçu.

Le soir du sixième anniversaire de leur fillette, les parents voulurent annoncer une grande nouvelle aux invités attablés. L'œil chafouin, Lyse se faisait prier. Enfin, toute radieuse, elle livra leur secret. Bientôt, un petit frère ou une petite sœur s'ajouterait à la famille. Surprise, Mélodia ne sut trop comment réagir. Une inquiétude vint picoter son cœur. Papa Jerry prit la rouquine dans ses bras et lui fit comprendre qu'elle serait toujours sa petite reine. En cillant des yeux et en reluquant de côté, elle dévora avec avidité sa portion de gâteau d'anniversaire. Mais ce soir-là, elle mit beaucoup de temps à s'endormir. Jerry dut la veiller de longs moments et lui parler. De sa voix paterne, il lui confia :

— Ma belle Mélodia, tu auras quelqu'un avec qui jouer, un vrai bébé à toi. Tu pourras l'habiller, le dorloter, le faire manger, l'aimer. Qu'est-ce que tu peux désirer de plus ?

Sur ces mots, pelotonnée sur elle-même, la menotte dans la main de son père bien-aimé, la petite s'endormit paisiblement.

À la fin des classes, en juin, Mélodia sortit de l'autobus et arriva en courant à la maison. Rempli de livres, de crayons et de papiers, son sac pesait lourd sur sa petite épaule. Elle avait hâte de revoir sa mère pour lui dire qu'elle était promue en deuxième année. Surprise ! Ce fut son père qui l'accueillit à bras ouverts. Il lui annonça qu'elle avait maintenant un frère du nom de Francisco. Elle se pendit au cou de son papa et, en le harcelant de questions, entra avec lui dans le bungalow vide. Le surlendemain, tous deux allèrent chercher une mère rayonnante à l'hôpital.

La routine familiale reprit. Les pleurs et les balbutiements du bébé, les éclats de rire de la gamine, remplissaient le foyer. Les parents furent soulagés de constater que leur fille n'éprouvait aucun sentiment de jalousie vis-à-vis du nouveau-né. En un rien de temps, le bambin devint un petit bout d'homme éveillé.

Mélodia s'épanouissait comme une fleur. Francisco, sous l'effet de toute l'attention prodiguée, devint un enfant possessif, gâté et exigeant. Pour l'empêcher de crier et de faire des crises, le trio devint l'esclave de ce prince insatiable. Chacun espérait que l'école corrigerait la situation. Hélas ! dès les premiers jours, son éducatrice en maternelle eut toutes les difficultés à lui apprendre les règles de conduite. Plus tard, il adopta le même comportement à l'école Limoges. Aucun progrès notable dans ses agissements. Francisco se servait de son intelligence vive pour semer la pagaille partout où il passait. Tous en convenaient : c'était un enfant problème. Les institutrices qui avaient enseigné à Mélodia quelques années auparavant n'en revenaient pas. Quelle différence entre deux enfants d'une même famille ! Pendant que Francisco donnait du fil à retordre, Mélodia se montrait une excellente élève à la polyvalente Grande-Rivière.

Peu à peu, la vie au foyer devint insupportable. Les problèmes familiaux rongeaient Lyse. De vingt ans plus jeune que son mari, elle n'arrivait plus à dialoguer avec lui. En pleine pré-ménopause, elle se sentit complètement désemparée et décida de consulter un psychiatre. Francisco, cet impudent, faisait des siennes. Il n'avait plus aucun respect pour elle. Néanmoins, son père persistait à le protéger et à l'excuser en tout temps.

« C'est MON FILS », affirmait-il, le visage coloré par l'émotion.

Avant que le climat familial n'explose, il fallait trouver une façon radicale de crever l'abcès. Après une longue et chaude discussion, il fut convenu que le fiston ferait son cours secondaire à Pointe-aux-Chênes, le directeur de cette institution étant cousin de Jerry.

Au grand plaisir de tous, le freluquet commença à s'assagir.

Lyse reprit goût à la vie. Elle se sentit plus décontractée. Le départ de l'adolescent perturbé lui apporta des effets bénéfiques. Un silence relatif s'était répandu sur les lieux. Plus de claquements de porte, de mots arrogants et grossiers, d'interminables discussions ! Son psychiatre avait noté une nette amélioration de son état. Elle prenait beaucoup moins de médicaments. Jerry avait atteint ses soixante-cinq ans. Il se préparait une retraite paisible et se promettait plus d'une partie de golf.

Quant à la séduisante Mélodia, elle poursuivait ses études à Hull et demeurait toujours chez ses parents. Elle s'était fait un ami, Manuel, un immigré au teint foncé, aux yeux d'ombre et de rêve, faisant un mètre quatre-vingts, qu'elle trouvait beau comme un dieu. Le père voyait d'un mauvais œil ce début de fréquentation. Chauvin jusqu'au bout des ongles, il ne pouvait sentir ces gens de couleur, ces gens de « race inférieure ». Il ressentait un véritable dédain pour ces êtres aux lèvres charnues et aux cheveux crépus. Il aurait pu traverser une rue pour éviter de les croiser. Et voilà que sa fille...

« Non ! c'est pas vrai ! » se répétait-il. « Qu'ai-je fait au bon Dieu pour qu'une telle chose m'arrive ? »

De son côté, Francisco se détachait de plus en plus de sa famille.

Un dimanche après-midi, Jerry et son épouse allèrent le visiter. On vida verre sur verre. Il faisait chaud. Il faisait beau. Tard dans la veillée, les Robinson retournèrent au foyer.

Lyse prit le volant. Tout près l'un de l'autre dans l'habitacle de velours, le duo éprouvait une forte sensation de paix et de bonheur. Jerry avait revu son fils chéri. Il était fier de lui.

— Tu as vu comme il a grandi ! Je l'aime tellement, tu sais !

Lyse aussi rayonnait de joie. Les cauchemars semblaient terminés. Cette sortie dominicale l'avait revigorée.

— Mardi, disait-elle, j'annulerai mes visites chez le psychiatre. Je ne prendrai plus de pilules ; je recommencerai ma vie à neuf.

Comme deux vieux amoureux, ils ne voyaient plus le temps passer. Filant sur la 148, vers l'ouest, ils causaient sans arrêt.

— Encore une heure de route ! s'exclama Jerry.

Après cette journée remplie d'émotions, ils anticipaient de se prélasser dans leurs draps fleuris.

Mélodia leur aurait sans doute ménagé une surprise au retour !

Tout à coup, l'homme hurla :

— Attention, Lyse...

Sa femme donna un coup de volant. Trop tard. Un bruit de ferraille retentit dans l'air... Collision frontale ! Sirènes ! Policiers et ambulances arrivèrent sur place. On dégagea les victimes. Bilan : une morte, trois blessés graves. On transporta Jerry à l'hôpital Saint-Michel de Buckingham.

Trois jours plus tard, en ouvrant les yeux, le patient vit sa fille Mélodia et Manuel, son ami. Il comprit la gravité de son état. Sa fille le couvrit de baisers, elle lui jura qu'elle ne l'abandonnerait jamais.

De retour chez lui après plusieurs semaines passées à l'hôpital, le malade mit beaucoup de temps à se rétablir. Il n'acceptait pas le décès de son épouse. L'absence de son fils le rongeait. Il refusait d'être cloué à son fauteuil roulant jusqu'à la fin de ses jours.

Mélodia, qui avait appris à lire dans les yeux de son père, s'occupait de lui jour et nuit. Poussé par des sentiments contradictoires, son copain tentait aussi de rendre service à l'impotent. Des éclairs vrillaient dans les yeux du vieux qui refusait les attentions du Noir et éructait des injures.

La maladie le rendait furieux. Il maudissait le sort. Il finissait de vider son désarroi en réclamant la présence de son fils. Francisco, accaparé par ses études et entouré d'amis, ne désirait aucunement revenir chez lui.

Malgré cette vie infernale où aucun geste ne trouvait mérite, la jeune fille poursuivait sa mission d'ange consolateur. Son grand cœur la poussait à compatir. N'était-il pas l'auteur de ses jours ! Heureusement, avec l'aide du CLSC de Grande-Rivière, elle arrivait à maîtriser la situation. Le soir, exténuée et vidée, elle s'allongeait près de son grand mâle. Il tentait de lui faire oublier ses journées pénibles. Les yeux chargés de plaisir, son beau Noir lui soufflait des

« je t'aime » au creux de l'oreiller. C'était enfin le temps de rêver !

Trois interminables années s'écoulèrent ainsi. Comme d'habitude, chaque jour à son réveil, Mélodia se rendait à la chambre de son père pour s'informer de son état de santé. Or, un matin pluvieux de septembre, elle l'aperçut qui gisait par terre. Le visage crayeux, le bras droit étendu, la bouche entrouverte, il avait sans doute essayé de l'appeler une dernière fois. Trop tard, il était raide, inerte et glacé. Les souffrances du père étaient terminées.

Quelques jours après le service funèbre à l'église Saint-Paul, les orphelins Robinson se rendirent chez le notaire pour la lecture du testament. Les lunettes sur le bout du nez, ce dernier parcourut le document. Le défunt léguait les trois quarts de sa fortune à son fils, l'autre quart était divisé entre sa fille et son cousin. Francisco, gêné, ne savait trop comment réagir. Mélodia, affaissée, encaissa ce nouveau choc. Soudain, le notaire lui remit une enveloppe scellée sur laquelle on pouvait lire en gros caractères :

PERSONNEL
À MÉLODIA ROBINSON
(À N'OUVRIR QU'APRÈS MON DÉCÈS)
TON PÈRE, JERRY ROBINSON

La jeune femme s'empara nerveusement du pli et, sans l'ouvrir, le glissa dans son sac à main.

Par pudeur, elle attendit d'être revenue à la maison avant de lire le dernier message de son père.

Ecrasée dans le fauteuil du disparu, c'est en tremblant qu'elle décacheta l'enveloppe brune.

Un message plus ou moins lisible était agrafé à d'autres documents.

> Ma fille quand tu liras ces mots, je serai déjà rendu dans un autre monde. Je n'ai jamais eu le courage de te le dire. Ta mère non plus. Je crois qu'on t'aimait trop pour cela. Écoute bien ceci. J'espère que tu ne m'en voudras pas trop et que tu me pardonneras. Ta mère voulait un enfant. Voilà cinq ans qu'on essayait. Ça ne marchait pas. Alors, on est allé te chercher à la crèche d'Youville à Montréal. Tu étais un beau bébé blond. On t'a aimée tout de suite. Ta mère a changé ton nom parce qu'elle ne voulait pas que ta mère naturelle te retrace et te réclame. Tu comprends ? Pardonne-nous. Ci-inclus, ton baptistère.

Elle jeta un coup d'œil sur le parchemin jauni : Marie Élise Marengère, fille de Gervaise... père inconnu... née à Terrebonne, le 30 septembre 19**

À l'endos, un court message, en post-scriptum :

> Je ne te pardonnerai jamais d'être tombée amoureuse d'un Noir. Pour cela, je te déshérite. Excuse-moi. C'était plus fort que moi. Je ne veux pas que ce type profite de mes biens.

Mélodia s'écroula. Comme une bête traquée, elle se mit à hurler. Elle frappait les murs, elle déchirait tout ce qui se trouvait sur son passage, elle vidait les tiroirs, brisait la vaisselle, renversait les meubles...

Quand Manuel arriva pour souper, il la trouva effondrée, étendue sur les carreaux froids de la cuisine.

Il appela l'ambulance. On la conduisit au Centre hospitalier régional de l'Outaouais, où elle fut mise sous observation. Jour après jour, son état se détériorait. Les yeux hagards, la malade n'était plus du tout en contact avec la réalité. Après avoir passé plus d'un mois dans cette institution, elle fut transférée à l'hôpital psychiatrique Pierre-Janet.

Voilà déjà sept ans qu'elle y réside. À l'occasion, son ancien ami de cœur, Manuel, vient la visiter. Elle ne le reconnaît plus. De son frère, Francisco, personne n'a plus jamais eu d'écho.

Si vous allez à Hull, au Centre Pierre-Janet, vous y verrez une grosse fille, aux cheveux blond cendré, au visage amorphe, aux yeux bleu ciel éteints, en train de pousser la vadrouille dans l'un des couloirs...

Le pont Noir

Julie Huard

T OKCH…
— Ah ben… maudit niaiseux…
— *I'll kill you fuckin bastard…*
— Va donc chier tabarnak d'Anglais…
— *You, son of a bitch…*
Tokch…
Le second coup résonna sourdement.
— Gnnn… hey, t'es ben malaaade…
Tokch…

Léo s'éveilla en sursaut, le corps couvert de sueur. Un chapelet de jurons s'engouffrait par la moustiquaire de sa chambre. Retrouvant à tâtons ses lunettes de taupe sur le guéridon, il vérifia l'heure au cadran. Une heure trente du matin.

— Merde, c'est quoi l'idée ?

S'agenouillant dans le lit, il souleva le store pour constater la scène de ce vacarme.

Deux gars saouls se tabassaient dans la cour de la *Brasserie Val-Tétreault.* Comme d'habitude. Comme si Léo avait besoin de ce supplément d'insomnie.

— Maudits tatas d'Anglais, dit-il en colère.

Tokch...

— Aie aie ! c't'un estie d'fou !

— *Fuck you man...*

— *Fuck yourself froggie...*

Léo plissa les yeux en entendant ces mots. Tout à coup, son sang se figea et il se mit à trembler.

— Non, se dit-il, pas ça, non...

Livide, dans l'écho des deux gazés de fond de cour, il reprit place sous les couvertures, recroquevillant son corps autour des oreillers à la manière d'un fœtus. Comble de tout, l'odeur âcre de la fumée du *Harvey's* voisin se mit à empester sa chambre. Une décharge roteuse de *cheeseburger all dressed...*

Une fois de plus, Léo eut mal au cœur. Une fois de plus, le sommeil ne vint pas. Le lendemain succéderait encore à hier et des cernes sombres continueraient de découper son visage pour trahir petit à petit son angoisse.

Comme d'habitude.

C'était depuis le samedi du pont Noir que Léo livrait bataille aux fantômes de la nuit. Juste quand son corps commençait à s'engourdir, c'était sa tête qui se mettait inlassablement à projeter les mêmes images. Les mêmes maudites images... Mario... Le visage de Bill. Et le sang. Des années de ce manège nocturne. Des années. Tous les soirs. L'éternel cauchemar. Il aurait tout donné pour oublier ce fameux jour. « C'est la faute aux souvenirs, disait-il. Ils sont trop forts. Ils mangent dans ma tête. J'essaie bien de les arrêter mais je ne peux pas. Ils reviennent car ils ont toujours faim. Et ils continuent de gruger dans ma tête... »

À tout moment, l'histoire engloutissait sa mémoire. Malgré toutes ces années. Et même redit mille fois, rien ne changeait à son récit. Toujours pareil, sans que le moindre détail de ce samedi ne lui échappe. Quand chaque geste et même le plus petit mot rebattaient ses tempes avec toute la fougue d'autrefois, alors, éperdument, Léo s'y évadait. Une part de lui plongeait tête première dans ce refuge tandis que l'autre racontait... Et racontait. Le samedi qui fit basculer toute son existence. Le 26 juin.

— Maman ?
— Quoi ?
— Tu te souviens de Mario quand on était petits ?
— Mais oui mon Léo, c'est ben sûr.
— On était bien ensemble...

— Ben oui, vous étiez deux beaux p'tits gars... pas mal tannants mais ben fins...

— ...

— Pleure pas mon grand, tu vas encore perdre une de tes lentilles comme l'aut'fois. Viens un peu ici que je t'donne tes pilules.

— J'en peux plus de prendre ces maudites pilules... ça m'endort.

— T'as pas l'choix Léo, le docteur Girard dit que t'es trop nerveux. Tu devrais l'savoir depuis l'temps ?

— Oui, mais j'en ai marre...

— Bon, encore tes grands mots. Écoute-moi ça l'beau parler : « J'en ai marre ! » J'pense que tu lis trop d'livres, là. Toi, si tu continues d'même, ton père pis moi on t'comprendra pus.

— Maman ?

— Quoi ?

— J'aimerais ça que Mario revienne.

— ...

— J'aimerais ça qu'il revienne, pas seulement dans ma tête. Mais pour vrai. Comme avant. Maman ?

— Quoi ?

— Où il est parti Mario ?

— ... Ben ça s'peut qu'il soit parti faire un long voyage.

— Maman, tu te souviens quand on était petits, lui et moi ?

— Mais oui mon Léo... mais là va t'recoucher, yé tard, yé rendu trois heures du matin.

— Maman, tu te souviens de... notre histoire ?

— ...

— Moi, je me rappelle... oh oui ! c'est quand on avait onze ans...

Quand on avait onze ans, Mario et moi, on a fait le pacte du sang. Le pacte des amis fidèles. Pour toute la vie. Mario était mon seul copain et le meilleur ami de gars que j'aie jamais connu. Mon *chum*. On était les larrons les plus inséparables du vieux quartier... *Kick can valley*, comme on l'appelait.

Cet été-là, on en rêvait depuis longtemps. Faut dire que les tables d'arithmétique et les participes passés nous fatiguaient pas mal. Alors, dès que les grandes vacances se sont pointées, on est devenu fous furieux.

En cachette, on a même écrit en jaune sur le mur de l'école *Corn Ball*! C'était le surnom donné par tous les élèves à la mère directrice au chignon-postiche branlant.

Pis, on s'est jamais fait prendre !

C'était la délivrance totale. On était là à s'ébrouer comme des poulains tout neufs, des plans plein la tête, des cabanes secrètes à bâtir, beaucoup de genoux écorchés en perspective, des chasses aux grenouilles et des excursions en poche, assez pour couper le souffle à n'importe qui.

On était heureux comme peuvent l'être deux p'tits gars. Y a seulement la gang d'Anglais du coin qui nous dérangeait un peu. Pas mal. Surtout le grand Bill. Bill Benton. Une espèce de pan de mur avec des airs de frais chié pis des vrais cheveux de fille.

On se détestait à mort.

Combien de fois on s'est battu à coups de pommettes sauvages, je ne sais plus. Mais ça ratait tout le temps. Leur gang était plus forte. Mario et moi, on finissait toujours par se sauver en hurlant : « Au secours ! »

Et, on oubliait, jusqu'à la prochaine fois.

L'excursion au pont Noir était prévue pour le premier samedi des vacances d'été. Pour l'occasion, à la veille de notre grand départ, nos mères avaient permis qu'on dorme ensemble sous la tente.

Vous dire l'excitation et le ricanage qui ont chauffé cette soirée sous la toile de notre abri de fortune, c'est impossible ! À vrai dire, on a presque pas dormi de la nuit.

Même qu'après chaque silence de plus de cinq minutes, Mario, sans faute, répétait son baratin :

— Léo ?

— …

— Léo, dors-tu ?

— Mmm ?

— Hey, Léo ?

— Quoi ?

— As-tu hâte ?

— Ben oui, ça fait au moins dix fois que j'te l'dis !

Et voilà, le fou rire reprenait de plus belle. On riait bien ensemble.

Quand les lumières de l'aube s'allumèrent ce samedi-là, Mario dormait enfin.

Je le secouai vivement en disant :

— Mario, réveille-toi, on est aujourd'hui !

— Han ?

— Réveille !

— Ah ouais... ben, j'suis réveillé.

— Gros menteur, tu dormais...

— Celui qui l'dit, c'é lui qui l'é !

Les cheveux en broussaille et les corps encore tout humides de la nuit, Mario et moi, on a pris le petit matin d'assaut. C'est l'air frisquet qui acheva de nous réveiller pour vrai. À pas feutrés, on dévalisa la cuisine de ma mère de ses meilleures victuailles. Du pain, du beurre de pinotte et de la gelée à la framboise. Nos préférés. Sans tarder, les sandwiches, les pommes, les biscuits et tout le reste gonflèrent nos sacs à dos pour que cette journée soit plus que parfaite.

— Léo ?

— Chut, quoi ? Parle pas si fort, tu vas rév...

— Ben, c'parce qu'on a presque oublié les *balings*... a soufflé Mario l'air déconcerté.

— Oh ! mon Dieu, une chance que tu l'as dit !

Les deux *balings* — c'est comme ça que Mario appelait nos costumes de bain malgré toutes les remontrances de son père — s'ajoutèrent à la bouffe des sacs à provisions. On était fin prêts et le soleil aussi.

C'est en sautillant pour ne pas toucher les lignes du trottoir qu'on parvint à la lisière de la forêt. Fébrilement, on choisit le sentier du marais bordant la rivière des Outaouais. C'est aujourd'hui, enfin, qu'on allait aux grenouilles du pont Noir.

Le temps filait comme de l'eau et déjà *Galarneau* brillait dans toute sa splendeur. Mario et moi, on courait en rois et maîtres des sous-bois, explorant chaque indice pouvant nous mener au repaire des grenouilles.

On approchait. Ça, c'était sûr, car les maringouins nous mangeaient tout rond. Mais nous autres, la falle à l'air, on s'en fichait ! Mario riait et la sueur nous coulait de partout.

Tout près du pont Noir, la rivière se répandait sur les bords de terre, formant ainsi une sorte de lagune. C'était là notre territoire de prédilection.

— Léo, viens ici, me dit soudain Mario tout énervé.

— Quoi ?

— J'en vois déjà une, r'garde, là...

— Où ?

— Là, là...

Mario gesticulait avec frénésie en pointant du doigt.

— J'vois rien, oh non... oh non... maudit, j'ai oublié mes lunettes chez-nous, *shit*...

— Pas vrai... a répliqué Mario, déçu.

— Maudit...

— ...

— Ben O.K., attrape-la toi d'abord...

— O.K.... osse c't'une grosse, j'te l'dis, ça doit être un ouaouaron...

Les deux pieds plantés dans la vase, Mario exécuta la prise de la pincette. Doigts bien écartés, surplombant le fessier de la grenouille, corps tendu, réflexes à l'affût, et vlan ! voilà l'innocente capturée par les pattes de derrière. Mario me flanqua la victime sous les yeux pour que je la voie bien.

— Wow ! c't'une môsusse de belle !

— J'te l'avais dit han ? s'est vanté Mario tout fier.

— Vite, mets-la dans l'sac !

Et de une... et de deux. De trois. Six. Neuf. Notre chasse était tout simplement inouïe. Mario à la prise, moi à la mise en sac. Douze. Treize. Jamais vu un coin comme ça !

Le sac de plastique au fond de saumure brunâtre gigotait tout seul. On se trouvait pas mal bons et le matin allait bon train.

À la dix-septième, on avait l'air de deux kious-kious, la figure barbouillée de boue, les culottes dégoulinantes et les mains imprégnées de jus de grenouille.

— Hey ! cou'donc Mario, j'commence à avoir faim moi !

— Ben, moi aussi, j't'affamé...

Sans un mot de plus, on quitta le trou chanceux pour transporter nos pénates sous le pont, au bord de la rivière.

Arrivé là, je regardai mon *chum* d'un air complice :

— On prends-tu une p'tite *dip* avant ?

— Ben certain !

Côte à côte, on détala pour s'élancer à l'eau tout habillés. Et splash !

— Est bonne, han ? s'est écrié Mario.

— J'comprends, ça fait du bien, que j'ai répondu en prenant quelques lampées.

— Léo, attention aux roches, là...

— Oui, oui, c'correct, j'le sais...

Tenaillés par la faim, on coupa court à la session d'eau pour se déshabiller, enfiler nos *balings* secs et étendre nos vêtements mouillés sur les buissons. Le soleil ferait le reste.

— Bon, on monte-tu mon Mario ?

— D'ac, on embraye...

La grosse côte qui menait au pont Noir fut escaladée en moins de cinq minutes. D'en haut, on voyait le Parlement derrière l'usine E. B. Eddy. C'était beau. Même des fois, un train passait sur le pont. Mario et moi, on aimait ça sans bon sens. Surtout le bruit. C'était comme un vrai tremblement de terre. Mais là, aucun signe du cheval-vapeur.

On s'installa donc entre les deux rails de la voie ferrée, sur les traverses juste à l'entrée du pont. Et on entreprit de libérer les survivants de nos lunchs. Écrasés, c'était pas l'mot! Un tas de sandwiches flaquettes et de pommes poquées, coulants de beurre de pinotte fondu, mêlés aux brisures de biscuits collées de gelée de framboise trouvèrent tout de même bien gaiement le chemin de nos bedons!

Trônant devant nous, le sac de grenouilles gargouillait, plein de bulles et de glue verdâtre. Ça grouillait là-dedans, pas possible. On voyait des palmes, des yeux, des parties de ventres picotés pis des bouches roses apparaître à travers le plastique tout embué. La chaleur du midi n'améliorait pas la situation...

Après un bon léchage de doigts, Mario devint tout à coup songeur. En dévisageant le sac, il déclara sérieusement :

— Ben... on l'fait-tu là ?

— Ouais... j'pense que c'est l'temps, ai-je chuchoté, la mine aussi grave que la sienne.

— O.K... on fait-tu la job aux dix premières mon Léo ?

— Ouais, c't'une idée.

Notre jeu était simple. Le haut du pont Noir surplombait la berge rocheuse de la rivière. Une infinité de petits galets pointus et coupants s'amassaient juste au bas de la côte à pic. Nous autres, du pont, on s'amusait à lancer les grenouilles, de toutes nos forces, une par une, en plein sur les roches meurtrières. C'était rare qu'on manquait not'*shot*. On était rendu experts. Habituellement, les grenouilles se fracassaient sous l'impact et rares étaient les chanceuses qui survivaient à nos lancers de *pitchers*. Plus elles s'écrabouillaient, plus on marquait des points. Le pire, c'est qu'ensuite, on comparait nos stocks ensanglantés. Moi, je *pitchais* sur la gauche, Mario sur la droite. Quand on en avait une dizaine de faites, on descendait établir nos scores. Les meilleurs, c'était les cassures de dos avec du sang, et les pattes molles disloquées. On *checkait* aussi les ventres déchirés, ça c'tait l'*fun*, surtout quand on voyait le cœur continuer à battre.

Les roches du pont Noir étaient vraiment *sharps* pour ça. Ça leur pétait la face au boutte, pis des fois, des petits graviers restaient coincés dans la chair. Ça, c'tait un point de plus.

Pour nous autres, c'était un rituel ce jeu-là. On parlait pas beaucoup, on le faisait, c'est tout. On l'a jamais dit à personne. Y aurait surtout pas fallu que quelqu'un sache ça.

Ce jour-là, avant de commencer, Mario était vraiment bizarre. Même qu'il insistait pour qu'on fasse notre messe de gars. Celle qu'on avait inventée, il y a longtemps, lors de notre pacte du sang. Je trouvais ça drôle, mais on l'a fait pareil. On répétait ensemble trois fois, poignet à poignet :

— Sang, cœur, ami, vie. Sang-cœur-ami-vie. Sang-cœuramivie.

C'est après notre formule magique, pour briser un assez long silence, que j'ai suggéré :

— Bon, on l'fait-tu ou on l'fait pas là ?

— O.K., *let's go.*

— Yé…

Mario était redevenu correct, là. On a ouvert doucement le sac à grenouilles, c'était écœurant, ça puait le vieux pourri. Pour moi, y en avait une couple de déjà mortes. C'était platte mais pas trop grave. Dans l'ordre, on a pris nos places devant la rampe du pont, chacun une grenouille dans la main. On s'est regardé, et pis là on a compté :

— Un, deux, trois… go !

Pif ! splash !

Mario a garroché en plein dans l'mille, mais la mienne est allée r'voler dans l'eau.

J'étais en fusil.

— *Shit,* j'vois trop mal… maudit, mes lunettes.

Mario m'encourageait.

— Ça va marcher Léo, essaye encore !

Et de deux.

Grenouilles en main, on reprit l'exercice.

— Un, deux, trois… go !

Pif ! splash !

— Maudite marde ! Mario, que j'ai pesté, ça marche pas, chus pas capable de viser sans m...

— *Well, well... hello you dum froggies, what's going on here ?*

— ...

Mario et moi, on s'est relevé tellement vite de la rampe, qu'on s'est cogné la tête. L'Anglais est parti à rire.

— *Well... if it's not Leo and Mario...*

— Ah non ! pas lui, a soufflé tout bas Mario en se frottant la tempe, pas lui !

C'était le grand Bill qui s'approchait avec son sourire fendant aux lèvres.

— *Playing with little froggies boys ?*

— Eh... eh... *ya*, j'ai dit, dans une tentative de fierté.

Puis, Mario rajouta, un ton plus fort et dans un anglais pas mal douteux :

— *Ya... and not* ta *business...*

— *Not my business ?* a ricané l'Anglais. *We'll see about that Frenchies...*

Ironique comme ça, ça s'peut pas. L'écœurant...

Arrivé à la hauteur de Mario qu'il dépassait de trois têtes, le grand bâtard lui donna une forte poussée à l'épaule.

— *Mmm, by the way,* a-t-il demandé en vrai frais chié, *I guess you're killing these little frogs, right ?*

— *Not* ta *business,* a lancé Mario plus menaçant.

— *Poor things...*

Baveux, l'Anglais se mit à picocher de l'index le front de Mario.

— *Poor things...*

— Arrête, s'est défendu Mario, blanc comme un drap.

— *Stop that... please,* que j'ai ajouté en m'avançant à la rescousse de mon *chum.*

Mais la taloche que le grand Bill me flanqua fit l'effet d'une bombe sur ma joue. Abasourdi, je reculai.

— *"Please"... listen to that...*

Par ses rictus, le maudit sarcastique simulait la douleur.

— *Stay out of this you bastard, I'm taking care of your friend here... so Mario... these poor things... maybe your parents should hear about this, yea ?... poor little froggies like you...*

Cette fois, Bill secoua beaucoup plus violemment les épaules de Mario.

— Arrête, là, a crié Mario en projetant un coup de pied dans les jambes de l'Anglais.

— *Getting a little horny boy, you want to play now ?* a fait Bill, le visage un peu plus rouge. *As you wish...*

Tokch...

Il frappa Mario en plein visage. Celui-ci tomba de plein fouet sur un rail.

— Aie aie ! niaiseux ! s'est écrié Mario en se relevant tout de même comme un *tough.* Déniaise-toi, Léo, c't'un vrai malaaade, a-t-il tonné, me fixant d'un regard féroce.

Moi, j'avais peur. Le feu était pris à ma joue. Mais quand même, je fis le brave et rejoignit Mario. Je vis qu'il saignait du nez. Il respirait fort, par saccades et ça sifflait des bulles à l'embouchure de ses narines. Je ne l'avais jamais vu aussi choqué.

Balançant les poings cinq pieds plus loin, l'Anglais attendait.

— *Okay boys, let's get to it... come on... son of a bitch... come on now... little froggies are gettin'out of the bag now... come on, move...*

Notre butin de grenouilles était en train de se sauver à cause de lui. On était figés. Humiliés. Mais on était deux. Pas lui.

— Estie d'fou, a grincé Mario entre ses dents. J't'à veille de faire une crise, là... Maudit tabarnak d'Anglais...

— *What ?* a dit Bill sèchement, *what did you just say ?*

— *Fuck you man !* a gueulé Mario.

— *Well, fuck yourself froggie,* se mit lentement à réciter l'Anglais. *Fuck yourself froggie,* a-t-il chanté plus fort, les poings en l'air... *Fuck yourself froggie...*

La bouche crispée, le corps tendu et les veines du cou saillantes, Mario était hors de lui. Et l'Anglais poursuivait sa rengaine :

— *Fuck yourself froggie...*

— On y fait la job O.K?, que j'ai murmuré sans trop de conviction.

— J'en peux pus, j'vas y péter la face, a juré Mario.

— *Fuck yourself froggie,* chantait Bill, accoté sur la balustrade du pont... *Fuck you...*

D'un souffle, Mario lâcha le cri de guerre.

— Ahhhhhh...

Il m'entraîna dans son élan. On attaqua, pieds et poings devant. L'Anglais nous accueillit avec fracas et dans une secousse, je fus projeté par terre. Mario

roula sur le dos de l'adversaire, mais Bill le reprit
d'une main par les cheveux, et de l'autre, s'acharna à
lui tabasser le ventre. Mario avait beau se débattre
comme un bon, c'était trop fort. Il pleurait. J'entendis ses pieds nus marteler les barreaux de fer du
pont. Je souffrais pour lui.

— Léo, viens m'aider, a-t-il hurlé. Au secours !

— Là, j'vas t'avoir mon maudit, que j'me suis dit
en remontant mon *baling* tout croche.

Tête première, je m'élançai de toutes mes forces
en criant :

— *I'll kill you fuckin bastard...*

Et m'agrippant à la peau de son corps que mes
mains trouvèrent facilement, je poussai de tout mon
poids contre la rampe en gémissant sous l'effort.

Il bascula enfin.

Ce fut le silence. Puis l'impact du corps se fracas-
sant sur les galets pointus. On entendit un claquement
sur les roches. Et plus rien.

Les yeux fermés, effondré sur les traverses du
pont, je me mis à pleurer moi aussi. Je sentis Mario
bouger juste à côté. Il reniflait.

Je ne sais pas combien de temps on est resté
comme ça.

Ce n'est qu'après un bon moment que je compris
l'horreur de notre acte.

— Mon Dieu, c'est épouvantable, qu'est-ce qu'on
va faire ? Mario, vite, faut se pousser d'ici au plus
sacrant, que j'ai dit en relevant la tête, Mario, faut
faire de qu... Ma...

Les yeux rougis, Bill Benton me fixait sans comprendre.

Je perdis connaissance.

SANG, CŒUR, AMI, VIE.

Mario est mort sur le coup. Le 26 juin. Le premier samedi des grandes vacances. Et c'est moi qui l'ai tué. Parce que j'ai rien vu.

Mon ami de gars. On riait bien ensemble.

Quand les policiers sont arrivés au pont Noir, Mario gisait en costume de bain sur son lit de pierres, face contre terre et baignant dans son sang. Une de ses jambes était complètement retournée sous lui. Lorsqu'ils l'ont soulevé pour le mettre sur le brancard, ils ont dû décoller de son torse deux grenouilles éventrées.

Plus tard, ils ont dit que Mario était tout cassé, la colonne vertébrale, les côtes... Les organes internes étaient perforés.

À la morgue, sa mère a eu de la difficulté à l'identifier tant son corps était tuméfié et son visage défiguré. Je ne sais pas comment elle a trouvé le courage de demander ce qui recouvrait les lèvres de son fils. « Du sang croûté, mêlé de gravier et figé aux commissures à des restes de gelée de framboise » qu'ils ont répondu. Elle a éclaté en sanglots.

Moi, ce jour-là, ils m'ont emmené à l'hôpital. Depuis ce temps-là, j'y vais souvent. Même qu'une fois, Bill Benton est venu me voir. C'était comme un rêve. Je me rappelle.

On avait rien à dire. Sa seule phrase soufflée à mon oreille fut quelque chose comme : « J'ai *sorry...* »

Et je n'ai pas répondu. J'ai juste fermé les yeux. On s'est jamais revus.

— Mario ?

— ...

— Mario, dors-tu ?

— ...

— Hey Mario, réveille-toi, on est aujourd'hui...

— ...

— Léo, Léo, réveille-toi là, tu rêves encore !

Léo s'éveilla en sursaut, le corps couvert de sueur. Sa mère le secouait doucement.

— Lève-toi mon chou, c'est déjà le temps de dîner, chuchota-t-elle. Y é midi, t'as assez dormi, là !

— Merde... c'est quoi l'idée ? maugréa Léo en s'étirant.

— Viens mon tit homme, ajouta sa mère. Oh... descends, là... fit-elle, un peu plus impatiente.

— Non... je veux pas, résista Léo, j'en ai marre...

— Bon là, c't'assez, chicana sa mère, laisse faire tes beaux mots pis lève-toi, là, ça suffit... Non mais, as-tu déjà vu ça toi un grand gars de cinquante-six ans comme toi, faire le bébé d'même ? Viens vite, là... à part ça, pôpa pis moi, on a une traite pour toi...

— Une traite ? fit Léo, bêta.

— Ben oui... des bons *cheeseburgers all dressed* d'*Harvey's*...

5. Emmurements

Le scénario

Ken Lagacé

PARMI les clients qui visitent mon bureau, j'avoue que certains sont particuliers. Aujourd'hui, j'y entre à huit heures, question de préparer l'horaire et d'éviter les imprévus. Comme à l'habitude, je prends un café avec Jocelyne, ma secrétaire. Je pénètre dans l'isoloir qui me sert de bureau. Puis monsieur Lavigne arrive à l'improviste. J'essaie de lui faire comprendre qu'il n'a point pris de rendez-vous et qu'il m'est impossible de le recevoir…

Je me résigne à l'écouter.

Pendant plus d'une heure, il me raconte un scénario. Récit sans fil conducteur apparent. Mais puisque mon métier consiste précisément à écouter ces histoires, je le fais avec attention, prenant des notes aux passages importants. Il en parle passionnément. À l'occasion, j'ai l'impression qu'il me raconte un film déjà vu. Je l'écoute avec vigilance car l'ambiguïté de son récit me fait parfois confondre le personnage et le narrateur.

L'histoire qu'il me défile se passe dans le Vieux Hull. Toutes les scènes extérieures se déroulent sur les rues Laval et Aubry. Les scènes intérieures doivent être tournées au café *Aux Quatre Jeudis* et dans son ancien appartement, au troisième étage. Il prend le temps de me décrire l'atmosphère qu'il veut dans son film ; rien de rassurant. Il la désire impersonnelle, ténébreuse, mais amusante.

Qui veut le contrat ?

Le protagoniste de cette histoire se nomme monsieur Ladouceur. Personnage visiblement troublé ; troublant lorsque raconté par mon client. Monsieur Ladouceur entre dans le bar. Il prend une bière. Se rend aux toilettes. Voit l'assassinat d'un client juste à ses côtés. Souffre d'hallucinations devant la glace, des scènes dignes du meurtre de Sharon Tate. Puis, il finit par se rendre au comptoir, question de payer sa bière — encore heureux qu'il y pense — et, finalement, s'enfuit vers son appartement. Monsieur Lavigne commence à décrire les mouvements de caméra montrant le désordre qui y règne. Il faut surtout retenir de cette scène le livre de chevet, *Le Prophète* de Khalil Gibran. En se regardant dans la glace, Ladouceur fixe l'horloge. Il panique en songeant que le temps s'est renversé. Il retourne *Aux Quatre Jeudis.*

Quel personnage !

À partir d'ici, mon interlocuteur raconte presque le même scénario à l'exception de ceci : seul le spectateur et Ladouceur savent que c'est du déjà vu — ou un *Twilight Zone*. Tout indique que les personnages présents dans le café voient Ladouceur pour la première fois. Il essaie de les convaincre qu'il vient de passer. Il est hanté par un type rencontré au début de son odyssée. C'est l'homme-à-la-voix-grave-et-caverneuse-qui-doit-bien-faire-dans-la-cinquantaine-avancée. Le narrateur ose même ajouter, après m'en avoir parlé depuis une demi-heure : « Soyons bref, appelons-le Max. » Max semble le personnage le plus sain de tout le récit. C'est pourtant la hantise de monsieur Ladouceur.

Louis Ladouceur (enfin il lui donne un prénom) confond Max avec Sam, son cousin. Le premier est traducteur. Le second était musicien : il faisait des bandes originales pour des films. Louis est scénariste. Il a commencé sa carrière en tant que concierge puis archiviste à l'Office national du film. Dans les années cinquante, l'Office déménage ses studios à Montréal. On lui offre de s'y installer. Son expérience antérieure à l'ONF, institution plutôt ségrégationniste à l'époque, lui fait préférer un poste de scénariste chez *Atkinson* et de réalisateur chez *Crawley's Studio* : deux studios de production de la région. Leur disparition oblige Louis à travailler sporadiquement comme pigiste depuis le début des années quatre-vingt. Max trouve curieux le rapprochement que Ladouceur fait entre lui et son cousin. Il lui raconte comment Sam a été tué par un réalisateur qui n'a pas pu terminer son film. Ruiné, le réalisateur ne s'attribuait pas la seule responsabilité de cette « non-fin » tragique.

Max lance quelques blagues impertinentes qui blessent Louis : des insinuations gratuites, des adéquations humoristiques entre son passé de réalisateur et l'assassinat de son cousin. Il se rend compte de sa maladresse. Confus, il invite Louis à son appartement situé au troisième. Et lorsque Louis lui demande s'il est son voisin, l'autre répond : « J'en doute, personne n'habite à côté depuis que le dernier locataire est parti. C'est le réalisateur meurtrier dont je vous parlais. Il a foutu une peur bleue à toute la ville. Personne n'est près d'oublier le crime, laissez-moi vous le dire ! Son fantôme hante encore la place, paraît-il. Ça aussi j'en doute ! Ça fait trois mois que j'y habite et il n'y a pas plus d'esprit qu'il n'y avait d'ordre quand j'y suis entré... et vous auriez dû voir le fouillis ! »

Je suis déjà ulcéré lorsque monsieur Lavigne s'arrête pour me dire : « Jusqu'ici, vous ne me trouvez pas trop tordu, j'espère ? ». Je reste estomaqué. Quel culot ! Il me regarde, sourit, puis reprend. L'histoire nous ramène à l'appartement. Ladouceur panique. Lavigne vocifère les dialogues de cette séquence :

LOUIS : Mais c'est chez moi ici !

MAX : Allons, monsieur, il vous faut dormir. Je vous laisse la chambre à coucher, je prendrai le divan-lit.

LOUIS : Et comment donc, vous me laissez la chambre à coucher ! Comme si quelqu'un pouvait m'empêcher de coucher dans mon propre lit ! Qui êtes-vous ? Que me voulez-vous ? J'ai assez de ma conscience pour me rappeler mes crimes ! Je n'ai pas besoin de votre fantôme !

MAX : Allez monsieur, je vous traite en ami, vous ne prenez quand même pas au sérieux ces hallucinations loufoques qui vous possèdent. N'allez pas poser de geste que vous regretteriez. *Sa voix était chevrotante et lui, visiblement inquiet.*

LOUIS : Vous, un ami ? Des hallucinations loufoques ? J'aimerais vous voir à ma place ! J'en ai assez de ces fantômes... et de cette gentillesse... C'est votre vengeance monsieur, pour me faire regretter toute l'atrocité de mes actes ? Vous arrivez ainsi à me les faire regretter plus amèrement. Eh bien ! si tel est votre but, ça fonctionne ! Mais ce n'est pas suffisant. Je vous ai tué et j'ai pu vivre avec ce crime sur ma conscience pendant des années. Je peux le faire à nouveau et je saurai me débrouiller avec elle. Je n'ai pas besoin de vous.

Puis Lavigne continue, s'emporte, se lève de sa chaise en gesticulant. J'ai peur qu'il ne me prenne pour Max. Ma secrétaire entend quelque chose puisqu'elle entre subitement dans le bureau pour vérifier si tout va bien. Je lui fais signe. Elle sort. Cette interruption arrive à point. Mon client se rassied, puis termine plus calmement son histoire :

— Il sort un couteau d'un tiroir. Max, demeuré figé jusque-là, s'enfuit dans la maison. Il se protège en renversant des meubles et en jetant des livres sur son passage. Un coup de couteau l'atteint. Mais sous l'effet de l'adrénaline, il riposte et arrache l'arme à son agresseur. Il le frappe à l'abdomen. Il prend la direction de la porte et laisse tomber l'arme. Louis la reprend. Il se précipite sur sa victime, lui porte des coups. La résistance de la matière bloque le trajet du couteau. Le poignet flanche. Un autre coup. Cette fois, le couteau s'enfonce mieux. Un filet de sang gicle sur le corps et sur le visage. Il est pris de fureur. Frappe à en perdre haleine. Violemment. Incessamment. Mais, toujours, il lui semble frapper du bois... Il sort de sa frénésie, l'appartement est vide et sens dessus dessous. Tout laisse supposer une rixe, mais il n'y a personne. La porte d'entrée est saccagée. Il a une plaie au côté. Monsieur Ladouceur gît, mutilé. Sur les murs, on peut lire cette phrase de Khalil Gibran écrite avec du sang : « Quant à vous, juges qui voudriez être justes, quelle peine infligerez-vous à celui qui détruit la chair, mais est lui-même détruit en son esprit ? Et comment punir ceux dont le remords a dépassé les méfaits ? »

Monsieur Lavigne termine son récit en disant que je connais probablement la fin. Il me fixe de ses yeux rougis. Son visage affiche un large sourire. Il s'immobilise. Silencieux. Un silence inquiétant. Puis il reprend :

— Monsieur Ladouceur, prisonnier d'une camisole de force, se retrouve seul, à chuchoter « jamais plus ».

Il s'arrête, attend une réaction :

— Alors comment trouvez-vous mon petit scénario ?

J'écoute des histoires. Je connais la vie de mon client. Je la connais sa petite histoire, j'ai même collaboré à la scène finale. Je suis terrifié. Il me fixe toujours. Je suis paralysé. Je finis par trouver la force de briser le silence. Je prends un ton confiant pour lui dire la seule chose possible en de telles circonstances :

— Vous savez, mon cher monsieur, que votre cas me pose encore de petits problèmes. D'autre part, j'observe une nette amélioration dans votre dernière version : votre vocabulaire est plus propre, si je puis dire. Vous êtes intelligent, vous avez une mémoire impressionnante, et vous racontez certes de belles histoires. Cependant, vous devriez faire attention de ne plus vous perdre dans les replis de vos personnages. Vous ne devez pas confondre le réel et l'imaginaire. Ainsi, mon cher monsieur Lavigne, je ne puis pas consentir à votre sortie des soins psychiatriques avant quelque temps encore.

Robert

Michel Lavoie

SA DÉCISION était prise…
La foule de curieux s'amassait, gluante de jouissance. Robert les faisait grimacer de dégoût et, du même coup, leur insufflait une adrénaline morbide.

Mon frère propulsait son crachat dans les airs puis, après avoir tournoyé comme une toupie, sa bouche grande ouverte buvait le liquide visqueux avec un sourire démoniaque. J'eus honte. Une fois de plus. Sous la peau, dans mes entrailles, dans mon intelligence qu'il ne connaîtrait jamais.

J'eus mal. En surface seulement. La nausée qui montait en moi n'atteindrait jamais mon cœur fermé à lui, mon frère, malade dans son corps, dans son esprit.

Ma mère lui jeta un dernier regard de laideur et retraita dans sa cuisine. Le père devait revenir du travail. Il était contremaître chez E. B. Eddy. Les frasques de Robert attendraient quelques heures.

Sa décision était prise... Robert, son fils, allait mourir.

Cette nuit-là, je me réveillai en sueur. D'affreuses images striées coulaient sur mes seize ans. Toujours les mêmes, cruelles, agonisantes, m'extirpant violemment au-delà des mythes de mon enfance, étouffant mes rêveries sans lendemain.

Robert se fondait en moi dans un élan de haine absolue. Je devenais lui, un idiot insondable, une pourriture en devenir. La pauvreté nous condamnait à coucher dans la même chambre, dans le même lit. L'infâme proximité m'emplissait d'une révolte effrénée. J'aspirais à le voir souffrir, longuement, jusqu'à la chute finale. Périr pour sanctifier ma vengeance, source de ma résurrection parmi les vivants. Ma jeunesse devait éclater dans une effervescence trop longtemps réprimée. Courir dans les champs pour capter les esprits follets de mes contes d'épouvante. Saisir le désir naissant dans une adolescence en perdition.

J'avais envie, j'avais besoin, j'avais soif et faim de vivre. Sans lui, sans son œuvre de destruction passive.

Je devais me libérer de ces liens mystérieux qui ne répondaient à aucun appel de ma chair. Mon sang ne voulait pas se confondre au sien. Toutes les fibres de mon être prenaient le chemin de l'oubli, parsemé d'un doute.

Je plongeai mes espoirs dans un puits sans fond. J'enfouis mon secret au creux de ma main, fermai le poing pour l'étrangler de solitude, puis le projetai de toute ma fureur sur sa photo. Je la pris, souillée, infidèle, et l'élevai vers le ciel dans un geste d'offrande.

Et, alors, je criai jusqu'à l'épuisement.

Ma décision était prise... Robert, mon frère, allait mourir.

La nuit s'étirait d'une langueur étouffante...

Robert dormait près de moi. De légers soubresauts indiquaient que l'effet des drogues s'amenuisait. Quinze années de bombardements chimiques avaient anéanti la fausse quintessence de cet être ignoble. Les cellules de son cerveau s'entre-déchiraient dans un ouragan de démence.

Et pourtant, n'avait-il pas enorgueilli mes parents à sa naissance ? « Un enfant superbe ! » annoncèrent-ils dans tous les foyers.

Peu après, l'inexprimable vérité éclata dans son atrocité. Robert était retardé. Oh ! légèrement ! Le ton rassurant des médecins projeta ma mère dans un tumulte sans fin. Elle l'aspira en elle. Elle devint mère-louve, respirant de ses poumons, ingurgitant son sang pour créer la parfaite symbiose, l'inondant de sa propre intelligence.

Robert vécut suspendu à son âme, la détruisant un peu plus chaque jour, entraînant dans la bourrasque mon père, et moi, laissé pour compte, moi, enfant légitimement normal.

Je jalousais Robert. J'enviais son infirmité. À l'école, mes échecs exaspéraient les enseignants. Je voulais tellement lui ressembler, souffrir comme lui, atteindre les mêmes bas-fonds, me faire ridiculiser sur la place du marché, recevoir des cailloux plein la face, haïr, baver d'écume, me balancer devant des enfants rieurs tel un bouffon en mal d'amour.

Je dus assumer la fatalité. Jamais je ne réussirais à m'enlaidir au point de susciter la tendresse de ma mère. Il me resterait toujours une minuscule étincelle au coin des yeux, vigueur coupable, révélatrice. Mes frasques, mes crises d'humeur, mes gestes de lâcheté demeuraient de vains appels à l'aide.

Ma mère ne respirait que pour Robert. Elle lui réservait, enchevêtrées dans la plénitude, sa souffrance et sa terreur. Elle le nourrissait de son être pour expier son erreur. Et lorsqu'elle écrasait ses larmes dans les bras d'un inconnu, elle les sacrifiait pour lui.

J'en vins à les détester. Leurs sourires bouleversaient ma honte, leurs cris de plaisir déracinaient mes illusions. Je savais que le jour viendrait où je devrais choisir entre ma vie et celle de mon frère. Entre ma souffrance et la sienne. Et je savais que j'allais le tuer.

La nuit frétillait dans l'attente de la mort...

Le sacrifice humain trouverait tout son sens dans l'abandon de soi. J'aimais mon frère, passionnément. Je humais les odeurs de sa souffrance, je pénétrais son esprit pour m'imbiber de son ombre immortelle. Je lui volais son air, je précédais ses excès de rage, je dérobais la pitié des idiots qui se miraient en lui.

Mon père tenta un ultime recours. Il confia Robert aux plus grands spécialistes de l'époque. Les électrochocs éteignirent ses dernières lueurs de lucidité.

Ma mère devint alors mère absolue. Elle s'enfonça en lui pour disparaître à jamais. Ils ne faisaient plus qu'un corps, qu'une âme en pâmoison devant les merveilles de l'absurdité. Ils s'envolèrent dans une bulle protectrice. Sans regrets, sans rancune, sans pitié. Mon père choisit sa voie et s'effaça en hochant la tête d'impuissance.

Et moi, je restai seul, abandonné à la fureur de vivre, à l'espoir de mourir.

La nuit m'ordonnait d'agir...

Je pris le couteau sous la commode. Enfin, je me sentais libéré de toutes ces pensées, ces remords à rebours, ces tremblements inutiles, faux prophètes de lâcheté.

Dans quelques secondes, après quelques battements de cœur, j'allais le déchirer d'un seul élan. J'allais éclater de cette maudite liberté pour laquelle il fallait offrir son être. Mon bonheur même l'exigeait. Sa mort me nourrirait d'une vie pleine.

Robert bougeait, s'étirait dans un coma innocent. Sa peau gluante m'inspirait le dégoût. Il puait la haine et pourtant... ses yeux pétillaient, si clairs, presque des yeux d'enfant. Un regard déjà absent, ouvert sur l'univers et le néant.

J'approchai du lit : un cercueil bienveillant, une couche où j'avais senti la détresse de son corps, où j'avais vomi ma jeunesse, transgressé les lois de l'humanité chrétienne, hypocrite de sa propre décrépitude.

Je le maudissais, ce frère inculte, blessure blessante, animal dépossédé, avaleur de mes rêveries.

Je le répudiais de toute ma ferveur. Il devait périr de ma main, la même qui l'avait attendri.

J'étais collé à lui. La lame de mon couteau effleurait sa peau pour mieux s'en imprégner. Une légère poussée, un vif écorçage, un geste de rien du tout. Puissant, dominateur, généreux.

Une larme vint troubler ma volonté. Une lâcheté pernicieuse se glissait dans mes muscles, s'attaquant à leur élasticité, les paralysant d'hésitation.

Pourquoi m'interroger ? Pourquoi ne pas enfouir le couteau dans les cellules de son cerveau pour réveiller sa conscience ? Je reculai. Robert délirait, ébloui de son idéal absurde. Il priait. Il se préparait à envahir son nouvel univers, le seul qui lui permettrait l'équilibre précaire des bien-pensants. Il ne boirait plus la lie de ma mère.

Je lui offrais le don le plus précieux, le don de souffrir de lui-même, par lui-même, en lui-même.

La confusion m'enlaça. J'élevai le couteau très haut dans les airs. Je le tournai vers moi et descendis ma main de toute ma rancœur.

Un corps s'affaissa dans mes bras. Le couteau avait transpercé le cœur. Des larmes de sang sillonnèrent mon visage. Ma mère m'embrassa tendrement, murmura un merci et s'écroula au sol.

Sa décision était prise... Robert allait mourir en elle.

Charogne

Darcy Lemire

L E VOILÀ qui gravit les marches, dans le tumulte d'un départ annoncé en anglais. Avec l'angoisse du dépaysement, il sourit une dernière fois.

Il roule, sans but, en compagnie d'étrangers. Le vert terne des forêts illimitées du Nouveau-Brunswick coule lentement au son du moteur de l'autobus.

Il ne lui reste qu'à penser.

Il se penche sur l'expérience qu'il vient de vivre. La plénitude du moment passé.

Il pense à l'imparfait.

Exténué, meurtri d'une perdurable brûlure nourrie par le feu de sa passion.

Il se consume.

Il pose les yeux sur ses bottes sales, ses mains, sa montre-bracelet insignifiante. Il se trouve inutile. De trop.

Il regarde son regard réfléchi par la glace.

Rien.

Il se vide un peu plus à chaque kilomètre.

Processus de souffrance enclenché.

Torture sans tortionnaire.

La chute.

Le temps passe.

Rechute.

Tout avance à reculons.

Quelque chose l'avale.

« Encore sept cents kilomètres, se dit-il. Vais-je m'en sortir ? »

L'atmosphère n'a jamais paru aussi tendue. Au bas du hublot, une inscription indique la sortie... En cas d'urgence. « Il serait si simple d'appuyer sur les verrous de sûreté... »

Il pleut.

Les paysages se succèdent.

« Où vais-je ? » se demande-t-il.

Vers une banlieue fortifiée où gît une jeunesse inerte et sacrifiée.

Gatineau, royaume mondial du suicide des jeunes.

« Chez moi. »

Dans l'autobus, il observe distraitement des gens qui prétendent exister à grands coups de crise cardiaque et de cancer du foie, qui jouent aux vertueux.

Ils semblent heureux. « Il se peut, en déduit-il, que l'ignorance soit le bonheur. »

Il a envie de faire comme eux, de vivre futilement. Il manque de substance, il manque de poids, il manque de lui-même.

Il s'épuise. Il se déserte. Son corps lui dit : « Porte-moi ».

L'autobus continue son chemin.

Il soliloque.

Il se répète, comme enivré : « J'aime la faiblesse humaine. Toujours voir pour la première fois. Aimer d'un sentiment vierge, propre. » Il cherche à reprendre racine, à se régénérer. Vaincre la passion par la raison. Regagner sa liberté d'action. Sans résultats.

Il vit un combat acharné.

Contre lui et lui seul.

— *Next stop,* prochain arrêt : Gatineau.

Il marche.

« Que me reste-t-il ?

« Un souvenir.

« Elle.

« Sa chaleur, son charme.

« Cette douce charogne qui mange mon univers.

« Tôt ou tard, elle m'assassinera…

« L'absente. »

Le poteau rose

Claude Bolduc

*L*E VALEUREUX HÉROS *rassembla le peu de forces qui lui restaient. Dans une ultime grimace, il tendit un bras vers la Porte. Sous l'effort, un gémissement s'échappa de ses lèvres et son visage se crispa davantage. D'un geste spasmodique, il referma sa main sur la Poignée.*

Il tire.

Vide.

Sa bien-aimée n'est pas là, prisonnière d'une cage dorée. Normal ; c'est la porte du frigo. Mais il y a le vide...

Le valeureux était cruellement atteint, au plus profond de lui-même. Sa bien-aimée l'avait abandonné à ce vide qui menaçait de l'avaler tout entier. Il gonfla ses poumons et se prépara à hurler son cri.

« Ousékémoncafé ! »

Car le frigo, comme la cage dorée, est vide. La carcasse du sac de café gît sur le flanc, affaissée. Il y a bien une carotte là-bas, mais à première vue elle semble morte. Eh bien ! le sac flasque sera la tombe de la carotte ! Mais plus tard. Un de ces jours. Du café, il en viderait bien un bidon. Pour son bedon. Ou n'est-ce qu'un besoin bidon ? Mais qui pèse comme du plomb. Un besoin douloureux, pire que le peroxyde sur le bobo. Peroxyplomb ? Oxymoron ? Chut ! silence éloquent !

Inaudible tintamarre. Le valeureux releva la tête et huma l'air, en quête d'une trace de l'odeur d'Elle.

Éloquent. Elle est là quand elle veut, mais pas quand il a besoin d'elle. Et si c'était plutôt son imagination qui avait besoin d'ailes ? À tire-d'aile, mais l'aile tirant vers le bas, vers son bas percé d'où émerge un orteil accusateur.

Horrifié, le valeureux bondit de côté, mais la chose jaillie d'en bas avait agrippé sa jambe et grimpait lentement, fouissant sous son pagne et serrant de bonne poigne. Que resterait-il de lui le jour où il pourrait à nouveau enserrer de ses bras la belle Alma ? « Alma laissé tomber ! » hurla-t-il en étendant les bras. « Je l'aime ! » ajouta-t-il un peu plus bas.

Ouais, partie. P-A-R-T-I-E. Quoi, encore en train de ressasser ces trucs ? Ben oui, pis ? Wipi ? Peewee, woopie ! Wo mais… reste qu'elle a attendu d'avoir bu tout le café avant de décamper, Wapiti va.

Le vide du frigo est insupportable. Les grands espaces ont toujours eu un effet vertigineux sur lui. Il s'y sent d'une insignifiance telle que les mots sont

impuissants à la décrire. Le vide, il est partout, dans le
frigo, dans son lit, dans son œuvre. Dans sa tête. Dans
sa tête ? Soudain, il tremble. Ça revient. La sensation
est partie d'un point minuscule au-dedans de lui et
maintenant elle enfle, elle enfle... Il ferme les yeux et
porte les mains à ses tempes. Il serre. Au-dedans, le
chaos s'étend, il voit surgir l'entonnoir hurlant de
l'ouragan de mots. Ils vont encore déferler en
désordre, crier et rouler dans sa tête, le secouer
comme on secoue un membre engourdi. Aujourd'hui
encore, il ne pourra rien écrire d'intelligible.

Les mots, là ? Lémolà, lamélo. Un peu mélo, vrai.
Mola pleurer, ma blonde. Pas de doute, pas une
goutte. La goutte qui déborde de vase. Vasectomie,
oui, on lui en a pratiqué une sur la joie de vivre. Ça
chasse, eh Sacha ? Mais qui va à'chasse perd sa place.
Plaçonicien, il devient. Niciplaçoïen. Plasomancien.
Ancien, couché ancien de fusil, en beau fusible.
Fisuble ? Sufible blufise flubise bifluse, dans la tarclé
siffude d'une nuit d'étériorée...

Il serre plus fort sa tête, comprime au maximum
ses tempes, et tout à coup, miracle ! L'ouragan
bifurque — fiburque ? — au lieu de le ravager complètement. Il s'éloigne vers une région plus obscure
de son cerveau. Victoire de l'homme sur les éléments.
Pour combien de temps ?

Il doit se changer les idées. Penser à autre chose.
Arrêter de ressasser. Changer de disque — et égrati-
gner celui-là. Cassette ? Mordre le ruban alors. Faut
que ça cesse ! Depuis le temps, on la connaît. Hon,
laconique...

Enfin, le chaos est passé et ses pensées reprennent leur place, de même les mots leur forme. Son regard quitte le désert du frigo et se porte sur la minuscule fenêtre de l'appartement.

Le valeureux fixa le soleil qui brillait de l'autre côté des barreaux de sa cellule. L'astre se couchait sans avoir daigné le regarder de la journée, comme si les dieux avaient interdit à ses rayons de descendre dans la prison.

Il secoue la tête. Pourquoi fabuler ? À quoi bon ?

Il fait beau dehors, mais gris en dedans. En dedans de lui, surtout. C'est la vie, cette interminable phase terminale où le goût devient dégoût, le rêve cauchemar, le plaisir virus, et tout et tout.

Ce matin, il se sent comme un pantin qui s'agite sous les doigts boudinés du destin. Comme tous les matins, pour faire changement. Ça chatouille. Tout au fond, il reconnaît les premières manifestations de l'appel de la Boîte, cette pulsion intérieure qui le pousse vers la porte donnant sur le corridor. Ça dure depuis… depuis que Chose est partie, celle dont il aurait avantage à oublier l'existence. Non, depuis bien plus longtemps que ça. Mais maintenant, au moins, elle ne se mettrait plus entre lui et la boîte aux lettres. Sauf que, partie sa muse, que reste-t-il d'un homme ?

Voilà qu'il ressasse encore. Arrête, maso ! Changer les idées, changer les idées. Manger peut aider. Il tourne la tête, avise une autre porte. Celle qui barre l'accès à l'endroit désigné par l'hyperbole « garde-manger ». Il tend le bras et ouvre. Une conserve tapie dans la pénombre le fixe du coin de l'étiquette.

Crème de poireaux. Pour la crème des poires. Et de la crème de gloire, il pourrait en avoir ? Car, pour le métier comme pour le reste, il y a un pépin. Un pépin pimpant et poupin qui pompe semble-t-il toute joie, tout plaisir, tout talent de sa personne pour aller les déverser dans le lointain.

Que la vie est brune.

La meilleure thérapie pour les idées malades, c'est encore le journal intime, qui de plus revêt un aspect formateur non négligeable. Quoique, à bien y penser, il n'a jamais été en mesure de constater la moindre amélioration de son état après s'être épanché sur une feuille, tant au niveau du tonus psychique que de l'écriture. C'est sans parler du portefeuille. Mais au moins, quand il se concentre à formuler, le reste de l'existence se fait tout petit. C'est peut-être seulement ça, la thérapie. Malheureusement, elle ne peut rien contre les Ondes.

Oui, le journal. Au diable la crème de poireaux. Il claque la porte, traverse l'appartement et se rend à son pupitre. Après un instant de recueillement, il coiffe son casque de bain — le caoutchouc, dans une certaine mesure, protège le cerveau contre les Ondes. Il fait ensuite craquer ses doigts, une phalange à la fois, lentement, tout en fixant sa feuille blanche. Puis, il secoue les mains, les tape l'une contre l'autre et les place sur ses tempes, qu'il serre comme pour en presser une pulpe de prose. Journal. Autobiographie quotidienne. Épopée journalière. L'odyssée instantanée dans un coin fort peu huppé de Hull.

Passons aux pensées…

… sombres, j'en ai bien peur ; pourquoi aujour-d'hui serait-il différent ? Pourquoi ces pensées ? Pourquoi ne puis-je bénéficier un peu de cette clarté qui illumine la vie des gens ? Je patauge en plein gris à longueur de journée, quand je ne broie pas tout sim-plement du noir. Mon ampoule intérieure est grillée. Mon fusible sauté. Seules mes nuits sont blanches, intolérablement, et les fantômes de la joie de vivre me hantent et me tirent la langue.

Je n'ai pourtant pas toujours été aussi morose. Il fut un temps où mes muscles faciaux formaient autre chose que de molles bajoues. J'ai été un être extrême-ment enjoué, jusqu'à ce que des cailloux divers vien-nent briser des dents dans les engrenages de ma soif de vivre.

Bon. En bref, j'ai de l'eau, pas de café. Une blonde, qui elle n'a plus de chum. Du papier en masse, mais pas d'idées. Moi qui souhaitais pouvoir dire un jour que ma vie n'est qu'un long stylo qui coule, j'ai bien vite découvert qu'il y a loin de la coupe aux lèvres. Lèvre, lévrier, Chose est partie courir après son lévrier, son athlète qui a du chien la nuit. Loup-garou ? Gare, alors, pauvre petit mouton qui se fait manger la laine sur le dos… Qu'en conclure ? Que ma muse trouva ma musette fort dépourvue quand la baise fut venue ? Elle a le sens des affaires ; allait-elle palper éternelle-ment les cotes de ma bourse avant de foncer ? Bon, je consens à reconnaître que j'ai parfois les idées ailleurs, et pas toujours à Hull, si vous voyez ce que je veux dire. C'est que je suis occupé, moi. J'ai des tas de choses à écrire, je ne sais pas, la littérature a besoin de moi, ne serait-ce que pour se moquer.

J'ignorais que le métier d'écrivain prêtait si bien le flanc aux coups durs. Si j'avais su ! Si j'avais su que cette perversion deviendrait le point de départ de ma lente destruction ! Un piège tendu par le sort sur le sentier de ma vie. Le sort ? Non, non, c'est beaucoup plus que le sort, je vais y venir...

Côté écriture donc, il semble que ça cloche. J'ai d'ailleurs tapissé les murs de mon appartement avec mes lettres de refus. C'est du plus bel effet. Avec moi, les directeurs littéraires ne sont jamais à court de périphrases, de métaphores, d'ellipses, et même, qui l'eût cru, de zeugmes et d'onomatopées pour me rappeler que je suis sans doute plus doué pour la décoration intérieure que pour l'écriture.

Bien sûr, j'ai effectué des recherches en la matière. Pendant des mois, je me suis nourri de café, de fumée et d'essais critiques, sans parler de quelques classiques (de là date ma victoire finale sur l'embonpoint). Tout ce travail a débouché sur une solution désarmante de simplicité. Bien écrire ? Il suffit d'être un bon conteur comme Yves Thériault, de créer du vrai monde comme Stephen King, de savoir tisser des atmosphères comme Algernon Blackwood, tout en conférant à l'ensemble la musicalité d'un Flaubert. Après ça, ne manque plus qu'une histoire à raconter.

Le hic, c'est que je n'ai pas réussi la synthèse de ces éléments, et que le jour où je m'en suis aperçu, mon moral m'a quitté sans un adieu. La suite logique aurait dû être le suicide littéraire, l'abandon pur et simple.

Pourtant, c'est avec fièvre que je continuais de souiller feuille après feuille, et d'en inonder toutes les directions littéraires, au grand désespoir de Chose, qui se sentait délaissée. Où est la logique là-dedans ? Comment expliquer qu'un homme au moral anéanti puisse continuer comme ça alors que le contenu de sa tête semble s'apparenter à un fromage bleu et une toile d'araignée ? Sauf, évidemment, dans les moments où se pointe un ouragan de mots...

Il n'y avait plus rien d'autre dans ma vie si ce n'est, de temps en temps, une tranche de pain en guise de tampon pour absorber les raz-de-marée gastriques de mon estomac. Et le tout s'aggravait de son complément logique : le syndrome de la boîte aux lettres. Hors de cet univers, le vide.

Ça n'avait aucun sens. Bien sûr que je m'en rendais compte, mais loin de réagir, je m'y abandonnais. Plus j'y réfléchissais, plus j'avais l'impression de m'enliser dans une espèce de fange psychologique qui me suçait la volonté d'arrêter. J'en suis même venu à mettre en doute ma raison à force de me voir agir — je peux prendre une espèce de recul par rapport à moi-même, ça se développe, vous savez. J'ai cependant toujours refusé d'admettre que la folie me guettait, aussi ai-je persévéré dans mes tentatives d'explication. Le poteau rose, je comptais bien le découvrir, fût-ce pour pisser dessus.

Le processus d'actions absurdes a continué de prendre de l'ampleur au fil du temps, allant jusqu'à déteindre sur le moindre de mes gestes, comme par exemple de recouvrir de caoutchouc toute partie de mon corps, c'est-à-dire mains et bite, susceptible d'entrer en contact avec Chose. C'était par crainte, je crois, que les Ondes puissent se frayer un chemin en elle en m'utilisant comme conducteur. Avec cette pensée constamment à l'esprit, j'en suis même venu au condom sur la langue. Évidemment, Chose ne comprenait pas. Plus tard, je me suis dit que non, je n'éprouvais pas vraiment la crainte de servir de conducteur aux Ondes. Alors pourquoi tout ce cérémonial ? Qu'est-ce qui me poussait à le faire ? Qui ?

Rien que d'évoquer ceci, je me sens tout chose, et c'est une sensation horrible. J'ai l'impression d'être un rat de laboratoire bien entraîné, non pire, une marionnette qui découvre soudain son manipulateur.

Tous les jours, du lundi au vendredi, je perds le contrôle et me rue dans le couloir qui mène à ma boîte aux lettres. Je fonce. Curiosité, impatience, fébrilité et anxiété sont les stations qui jalonnent mon itinéraire. L'ordre ne varie jamais. J'y pense, et j'en ai des étincelles dans la tête. Je fais le premier tronçon en gambadant gaiement comme le Petit Chaperon rouge qui s'en va chez mère-grand pour lui voler ses biscuits. Mais le dernier tronçon marque une coupure brutale (rapport de longueur entre les tronçons : 3,14159 à 1 ; j'ai vérifié). C'est là que mon pas s'alourdit d'un coup, que je plie l'échine, qu'une appréhension s'installe, que l'espoir se dégonfle. C'est l'endroit d'où je commence à apercevoir les boîtes. J'étire le cou, mon œil scrute entre les fentes de la petite boîte scintillante, en quête d'une réponse au sujet de tous ces manuscrits que j'ai soumis. Mon cœur frétille dans ma poitrine, je pense à une truite dans le fond d'une chaloupe. Mais dans la majorité des cas (9 fois sur 10 ; j'ai calculé), je ne discerne que ténèbres inquiétantes derrière le grillage. Le vide.

C'est la mini-dépression sur l'interminable chemin du retour, mon calvaire à moi, que je parsème d'ailleurs d'une litanie d'accessoires d'église dans une dérisoire tentative de conjurer le mauvais sort, comme quoi il est risqué d'affirmer que les auteurs ont la langue aussi soutenue que la plume.

Voilà. Ça recommence et ça continue, toujours pareil. Les cris de Chose n'y changeaient rien. Ma vie est devenue une longue mélopée qui met ma conscience en transe, dans un cycle lent et hypnotique. Préprogrammée, la mélopée ?

Qu'est-ce qui peut provoquer d'aussi brutales modifications comportementales chez un humain ?

Il était une fois une petite marionnette vaguement inquiète ; elle se demandait pourquoi elle venait de lever un bras. Elle éprouva soudain une sensation très désagréable dans son dos. Elle tenta de se contorsionner pour voir, car elle se savait assez souple pour le faire. Mais plus elle cherchait à voir, plus elle sentait une résistance, comme s'il ne lui avait pas appartenu de décider de l'action du moment.

Les heures que j'ai passées à tenter de comprendre ce qui m'arrivait étaient remplies d'angoisse et de frustration, de tourment et de doute. Le pèlerinage automatique à la boîte aux lettres, comment l'expliquer ? N'y avait-il pas un flux quelconque qui frappait mon cerveau ?

Un jour, j'ai pris conscience des Ondes Extérieures — celles dont j'ai parlé plus haut.

Nul n'en connaît l'existence, mais elles sont là, indiscernables, mais imparables. Elles voyagent dans l'air, pénètrent les cerveaux, y amènent le chaos. Tout me porte à croire que leur action est volontaire et non accidentelle. Les gens sont-ils tous affectés ? Difficile, chez l'humain, de distinguer l'absurdité naturelle de l'absurdité provoquée, aussi vais-je me limiter à mon cas.

Après avoir encaissé le choc de la révélation, je me suis dit que de telles ondes avaient besoin d'une source pour exister, ou à tout le moins d'un relais, d'un convertisseur. J'ai longtemps, très longtemps cherché cet appareil. Sa découverte allait constituer l'ultime preuve d'une hideuse théorie dont je ne doutais déjà plus de l'exactitude.

L'appareil devait se trouver dans mon environnement immédiat ; la logique même voulait qu'une trop grande distance dispersât les Ondes, diminuant d'autant leur efficacité. Je n'ai négligé aucun objet de mon entourage, gardant toujours à l'esprit la possibilité d'un habile camouflage. J'ai examiné sous tous ses angles le moindre bibelot, meuble, appareil ; j'ai tourné et retourné toute assiette, tasse ou conserve susceptible de ne pas être ce qu'elle semblait être.

Pendant ce temps, mon comportement était constamment désordonné. À tout moment, un mouvement convulsif me tirait vers la porte d'entrée, mais je n'y allais vraiment qu'à onze heures. Je m'appliquais néanmoins à utiliser chaque minute de contrôle total pour poursuivre mon investigation.

Un bon matin, mon univers a fini de s'écrouler. L'appel de la Boîte venait de m'atteindre. Comme j'allais franchir la porte, Chose s'est dressée devant moi, mais je suis passé quand même, au terme d'une brève bousculade. Au dernier tronçon, j'ai aperçu l'enveloppe !

Je suis revenu à l'appartement juste à temps pour voir Chose claquer la porte derrière elle, avec de gros mots à la bouche et sa valise à la main. Je ne l'ai regardée qu'une seconde. Elle ne se mettrait plus entre moi et mon œuvre. Je suis donc rentré et ai décacheté l'enveloppe.

Mon œil, particulièrement rompu à cet exercice, a eu tôt fait de repérer le mot « malheureusement » à la troisième ligne. Sans aller plus loin, j'ai déchiré la lettre, et suis retourné à ma quête du convertisseur, le cœur gros. J'étais en train de scruter ma brosse à cheveux — sait-on jamais avec la miniaturisation — quand soudain une espèce de lumière s'est faite en moi.

J'ai lancé la brosse et me suis rué dans le couloir. J'ai découvert le convertisseur ! Là, éclairé par le soleil qui traversait la porte vitrée ! Sa forme précise, ses proportions géométriques, le matériau utilisé, la disposition des fentes, tout ça a étalé la machination devant mes yeux.

La boîte aux lettres !

Angoissée, la marionnette se contorsionnait, elle luttait pour atteindre et arracher ce fil qu'elle venait de découvrir derrière son épaule. Tout à coup, elle percevait un point d'ancrage, une zone de douleur d'où partait le fil cloué à son dos. Impossible de s'en saisir. Une pensée affolante la traversa : qu'y avait-il à l'autre bout du fil ? Et si le fil s'était toujours trouvé là ?

Idée. Principe. Échafaudage. Écroulement. Reprise. La marionnette se dit que quelque chose quelque part dépassait son entendement, et qu'il eût été préférable qu'elle n'en soupçonnât jamais l'existence.

Mes plus noires appréhensions s'étaient matérialisées. J'ai à l'esprit l'exemple de la pyramide, des vertus qu'on lui prête, et je n'ai aucune difficulté à y superposer l'image de la boîte aux lettres.

Je lève la tête à tout moment. Grotesque, non ? Que voulez-vous que j'aperçoive ? Pourtant, quelque chose plane au-dessus de ma conscience, un invisible oiseau de malheur qui cherche à m'engloutir sous son guano maléfique. Il souille ma raison d'être !

Non, il n'y a plus aucun doute : Ils sont ici ! Et Ils étudient ! Même qu'Ils font plus que ça. Ils… jouent avec mon cerveau. Ils s'amusent à des expériences de comportement dirigé, me manipulent comme un cochon d'Inde, limitent à leur gré mon registre de pensées et de sentiments, modifient mes agissements comme bon leur semble.

C'est la même situation, à une échelle vertigineusement différente, que le jour où, enfant, j'avais écorché un goéland piégé avec des frites. Je m'amusais à tirer sur les tendons de sa patte pour voir s'ouvrir et se refermer ses doigts palmés selon mon désir. J'étais, à ce moment, tout-puissant. Mais le présent me donne un regard neuf sur le passé ; ce n'était pas tel que je le croyais. Pendant que Dieu tire les ficelles de la créature inférieure, qui tire les siennes ? Dieu voit tout, mais pas au-dessus de lui. Comme moi. Tout ça me rend malade.

La marionnette s'affaissa. Elle venait de se découvrir. Une lame de fond traversa son paysage existentiel, emportant, fauchant, balayant, courage, foi, espoir.

« *No man's land.* »

J'ai beau lutter, je sais que demain encore je vais me retrouver dans le couloir à gambader.

L'ultime aboutissement se dessine. Déjà, je sais qu'Ils vont finir par se lasser de jouer, qu'Ils vont entreprendre l'autre phase de l'étude, celle qui va vraiment au fond des choses...

Demain ? La semaine prochaine ?

La marionnette se tordait sur place. Elle n'arrivait plus à se relever. Elle ne s'obéissait plus. Au loin, elle aperçut l'éclat gigantesque des ciseaux qui allaient trancher pour de bon ses fils. Ces fils qui lui avaient donné l'illusion de la conscience, l'illusion d'exister par elle-même.

L'instant

Éric Jeannotte

A U COIN de Gréber et de Jacques-Cartier.
Jamais n'avais-je vu ces rues si achalandées.
Un grand vent soufflait. Une chaude pluie
était tombée. Le soleil épuisé disparaissait lentement à
l'horizon.

Je sentais la venue du dernier instant qui balaie-
rait l'existence humaine.

Moment de la déconstruction.

Mais où allaient tous ces gens ?

Le boulevard Gréber était devenu une rivière
en crue charriant automobiles et êtres humains frénétiques.

« Courez ! Criez ! » pensais-je.

Aucune échappatoire. J'ai constaté cela il y a longtemps, et, à l'appel du temps, je me suis dirigé ici, au Quai des Artistes, pour visionner le fabuleux spectacle, celui qui va prendre place de l'autre côté de la rivière des Outaouais. Ce soir, je célèbre la mort tant attendue.

Finie la souffrance.

Allons vers l'appel.

Délivrance.

J'y vois quelque chose de juste : à la grande joie des pauvres, les possesseurs s'enflammeront et se tordront de douleur comme des vipères lancées au feu.

En revanche, sous le regard des riches, les dépossédés fondront et leur masse visqueuse pourrira au sol.

À cette heure précise, tous libéreront leurs pensées. Elles voleront pour ne plus jamais être retrouvées.

Moi, j'observerai ce défilé, cette fantastique parade d'âmes nettoyées, purifiées.

Bientôt, une luminosité intense et aveuglante les aspirera, et, dans la bourrasque, la vie et la mort ne feront qu'un.

Mes pensées s'affolent.

Mais qu'advient-il si le spectacle prend un aspect noir et menaçant ? Cette célébration n'est-elle qu'un festin où feu et vent nous réduiront en particules ?

Le cycle maudit de la vie prendra à nouveau racine en se nourrissant outrageusement des restes.

Non !

Cela n'est pas possible !

Pendant un instant, j'ai envie de fuir, de courir comme un couard et de ne jamais regarder derrière.

Mais à quoi bon !

Je sais qu'il n'y a pas d'issue.

Ils auraient dû prendre place et observer le spectacle, le dernier spectacle.

Regardez ces fuyards, ces froussards, ces vulgaires poltrons.

Soudain, devant moi, un jeune enfant assis sur le trottoir sanglote et palpe une blessure au genou. Ses cris me glacent le sang. Le petit a été abandonné par le troupeau d'hommes et de femmes pourchassé par des fauves. Je le prends dans mes bras, ses gémissements cessent.

Je sens le temps s'arrêter. Je m'agenouille avec l'enfant, les yeux rivés sur Ottawa.

Un son assourdissant brise le ciel. Je vois poindre l'énorme oiseau de feu.

Tout blanchit.

Avant que le feu ne nous atteigne, l'enfant et moi, un sentiment m'envahit. Une espérance, l'espoir que mon imagination ne m'a pas trahi.

Dans le tumulte des flammes de la douleur, je vois ma chair et celle de l'enfant se décomposer et s'assembler en un tout.

À cet instant précis, je sus qui j'étais.

6. Exils

D'un ailleurs à l'autre

Carol Goulet

DANS LE SECTEUR du Lac des Fées, un couple habite une petite maison située en bordure du Parc de la Gatineau. Ces gens raffolent des fleurs. Ils mesurent la distance entre elles, les placent en belles lignes droites tout le long de leur petite maison et de la clôture qui la borde. Une attention toute particulière est donnée à la hauteur et aux couleurs : une fleur rouge, une fleur rose, une fleur blanche, une fleur rouge et ainsi de suite. Chaque jour, le couple compte ses fleurs.

Ils s'aiment, ils sont heureux ensemble et tout est parfait. Jusqu'au jour... au jour... où ils trouvent une fleur rouge gisant par terre, juste là, à côté de sa tige. Ils sont hébétés !

Le choc ! La séquence des couleurs est brisée !

Le lendemain, pendant qu'ils comptent nerveusement leurs fleurs, la dame en voit une autre étêtée,
une rose.

Cette fois, c'est la fureur.

Ils sonnent l'alarme dans le quartier.

— Qui a coupé nos fleurs ? Un misérable qui veut
la guerre ? Eh bien ! il l'aura ! s'exclame, exaspéré, le
mari.

À partir de ce jour, ils remplissent très sérieusement leur rôle de sentinelles.

— Le voilà ! Là... là... là-bas derrière la clôture !
Le voyou... espèce de... s'écrie la dame, le souffle
coupé par l'indignation.

Et le malfaisant de s'enfuir à toute allure.

Jusqu'au soir, le couple prépare un plan pour
attraper le vilain.

— Il ne nous causera plus d'ennuis ce malappris,
assure l'homme.

Au petit matin, pendant qu'ils jettent un coup
d'œil minutieux sur leur jardin, clac ! le vaurien est
pris au piège.

Au milieu de la cour, un écureuil attiré par l'ara-
chide attachée à l'intérieur de la cage a couru à sa
perte. Les époux se réjouissent déjà du petit voyage
qu'ils feront pour se débarrasser du fauteur de trou-
bles. Discrètement, ils camouflent la cage dans le coffre
de la voiture pour transporter le condamné ailleurs, de
l'autre côté de la rivière, à Ottawa. Après avoir relâché
leur prisonnier, ils reviennent satisfaits à leur petite
maison et recommencent à compter les fleurs.

Pendant ce temps, sur l'autre rive, Touffue, la mère écureuil déportée, est bouleversée.

« Que se passe-t-il ? Où suis-je ? Ce n'est pas mon patelin, ici ; je ne reconnais pas mes arbres, mon terrain. Où est ma demeure ? Mes petits ! Où sont mes petits ? » s'interroge-t-elle avec inquiétude. Cet environnement nouveau l'effraie.

Elle se rappelle : « Oui, j'ai entendu le couple qui parlait joyeusement de sa victoire. La dame disait quelque chose comme... comme : « Quelle chance nous avons eue de piéger cet écureuil. Il faut les attraper jusqu'au dernier ; ainsi, nous serons certains de nous débarrasser du coupable. Ils sont tous pareils ! Et puis, à quoi servent-il ? À rien, si ce n'est à nous importuner avec leur habitude de tout ronger. Une vraie peste ! »

« C'est horrible ! Je n'ai pas coupé de fleur, moi ! Je ne suis pas coupable ! C'est une accusation gratuite, s'écrie Touffue, insultée, révoltée. Il faut que je me souvienne... Je dois retrouver mon chemin... les petits ont faim ! Je le sens, mes mamelons me picotent. Ah non ! Leurs gémissements attireront un prédateur et ils risquent de se faire tuer. Il faut que je revienne avant que cela arrive, si je veux les revoir en vie. Aaah ! »

En sanglots, elle essaie tant bien que mal de se remémorer : « Il... il y avait un mot long comme ça : province... provincial... euh ! pont... pont provincial... inter... voilà, pont Interprovincial ! C'est ça, j'en suis certaine maintenant. »

Brise, une petite bouffée de vent, qui a le nez fourré partout, découvre Touffue cachée dans le creux d'un gros arbre. En l'effleurant, elle lui dit :

— Que fais-tu ici ? Depuis quand te balades-tu dans ce coin perdu ? Ma foi, ça ne va pas bien, t'as l'air toute démolie !

— Oh ! Brise, tu arrives juste à temps ! Toi qui voyages partout, peux-tu m'indiquer le chemin du retour ? Je dois retrouver mes petits. Ils n'ont plus que moi ; j'ai été enlevée, et...

Touffue lui raconte sa mésaventure.

— Je vois ta détresse, mais, même si je me promène beaucoup, je n'ai vraiment pas bonne mémoire. Je demanderai donc à mes frères et sœurs de m'aider à te sortir de ce pétrin, rétorque Brise, à la légère.

Celle-ci virevolte et, se faufilant sur le pont des Chaudières, rencontre son grand frère Vent qui survole la rivière des Outaouais.

Brise, en vraie commère qui se sent importante, rapporte les malheurs de Touffue, en les déformant quelque peu. Vent n'écoute que ce qu'il veut bien entendre. Quand même, il est indigné et informe Brise de ce qu'il a vu :

— C'est une aberration ! J'ai croisé des écureuils originaires de la rive ontarienne qui sont égarés sur la rive québécoise. Et puis voilà que des écureuils de la rive québécoise sont perdus en Ontario. Je n'y comprends rien...

Fanfaron et imbu de lui-même, Vent annonce d'un ton prétentieux :

— Je ferai peur aux gens et ils cesseront leurs activités malignes.

Alors, fermant les yeux et se gonflant, Vent souffle à pleins poumons.

La bourrasque couche les fleurs au sol. Chez le couple, le mari installe des treillis afin de les protéger. Mais en vain. Vent disperse déjà les pétales. Affolés, la femme et l'homme forment un bouclier devant les plantes. Incapables de les sauver, blottis l'un contre l'autre en se protégeant le visage des nuages de poussière, ils entendent soudain des grincements accompagnés de déchirements ; ils se retournent dans la direction de la pergola déjà arrachée, juste au moment où elle s'effondre sur une plate-bande. C'est la catastrophe ! Ils implorent la pitié du ciel.

Sur l'autre rive, la branche sur laquelle Touffue s'agrippe désespérément casse. La mère écureuil gît à demi-inconsciente derrière une grosse poubelle. Lorsque Vent s'époumone enfin et que le calme revient, elle reprend ses esprits peu à peu. Dans la désolation, seule l'image des petits lui revient. Elle cherche âme qui vive afin de s'enquérir de la direction à prendre.

« Hé ! une marmotte ! » lance-t-elle.

Sous un banc de parc, la marmotte s'agite fébrilement près d'un trou. Touffue ne la trouve pas trop rassurante, mais elle l'interpelle quand même :

— Ohé ! Marmotte !

Celle-ci fige, interloquée. Elle lisse sa fourrure pour se donner bonne prestance.

— Oui, ma p'tite dame, répond Marmotte, un vieux squatter qui connaît les moindres recoins de la ville à force de déménager d'un logis vacant à l'autre.

— Vous pouvez me dire où se trouve le pont Interprovincial ? demande Touffue, suppliante.

— Avec plaisir. Vous voyez ce sentier, là, vers le nord ? Il mène à ce pont.

— Merci, merci ! lui dit Touffue en s'y aventurant, confiante.

Pendant ce temps, là-haut, Brise regarde avec stupéfaction Vent épuisé.

— Hé ! ils n'ont pas compris, j'en vois qui trappent encore des écureuils ! Après tout cet essoufflement, pauvre de toi. Allons voir Gros-Nuage, il aura peut-être une meilleure idée.

Ils partent à sa recherche, se promènent au-dessus de la rivière des Outaouais, en aval, en amont. Rien. Ils bifurquent vers le nord et discernent au loin une grosse masse gris foncé, ancrée dans le creux des montagnes. Ils s'élancent dans cette direction et trouvent Gros-Nuage qui, profitant d'un soleil radieux, sommeille et flotte au gré de l'air.

— Psst... Gros-Nuage, veux-tu nous aider ? demande Brise, expliquant tout excitée les motifs de sa requête.

— Vous savez qu'il m'est difficile de bouger. Faire cet effort-là... Glisser là-bas... Non. Je suis trop bien ici à me prélasser, marmonne paresseusement Gros-Nuage avant de tomber à nouveau dans le sommeil.

Brise et Vent se tapent un clin d'œil, délogent, poussent et dirigent doucement Gros-Nuage, à son insu, au-dessus de l'Outaouais, où l'air est déjà lourd et humide.

Emmitouflé dans sa ouate, Gros-Nuage commence à baigner dans ses sueurs et bientôt déborde et déborde et déborde pendant des heures et des heures.

— Avec Gros-Nuage qui assombrit la région et Pluie qui rend le quotidien monotone, les gens comprendront sûrement, ne cesse de répéter Brise.

L'humidité stagne et les derniers pétales qui résistaient sont entraînés par la pluie et jonchent le sol. En peu de temps, le jardin aux couleurs ordonnées n'est plus qu'un espace morne. Le couple est complètement démoralisé.

Touffue est trempée jusqu'aux os et contrariée par ce sale temps. Des flaques d'eau bloquent les sentiers et elle doit affronter les pigeons pour s'abriter sous les corniches.

Pluie, déshydratée, s'épuise enfin.

Touffue sait que ses petits ont un urgent besoin d'elle ; son ventre et sa poitrine devenus très sensibles par sa montée de lait le lui rappellent constamment. Déterminée, elle s'approche du pont Interprovincial.

Après tant d'efforts, Vent et Brise sont vraiment vexés de constater que les gens continuent de déménager les écureuils.

Alors, sournoisement, les deux complices contournent Gros-Nuage et s'approchent très délicatement de l'électrifiante Foudre. Elle déteste qu'on la fasse sursauter. Ils la trouvent en plein repos avec ses deux inséparables acolytes : Éclair et Tonnerre. Vent, qui a repris de la vigueur, donne à Foudre un coup violent dont lui seul est capable. Incontrôlable et les nerfs tendus, Foudre fait volte-face et sa fureur éclate avec tant de fracas qu'elle projette Éclair en l'air. Ce dernier, n'ayant aucune lumière de génie, se divise et se tortille dans toutes les directions et frappe n'importe où. Tonnerre décide de se jeter dans la mêlée avec ses copains. Turbulent, il amplifie ses détonations et répercute ses grondements infernaux avec une telle intensité que les plus endurcis en sont saisis. Vent déferle avec la rage de vaincre et ameute Gros-Nuage et Pluie, laquelle, cette fois, éclabousse partout.

Alerte générale ! Sauve qui peut ! C'est la destruction ! Le couple désespéré s'est réfugié dans sa demeure. Vent charge et abat la clôture sur la bordure de fleurs ; seules quelques tiges, ici et là, survivent.

Tout près du pont, derrière une maison, Touffue se terre dans un trou sous une roche soulevée par les racines d'une épinette déracinée. Plongée dans l'horreur, elle laisse échapper des cris de frayeur ; angoissée et presque névrotique, elle appelle Brise.

« Depuis qu'elle est partie, ça va de mal en pis. Si ça continue, je ne reverrai jamais mes petits. »

De sa cachette, Touffue repère une cage. Au bord du désespoir, elle décide de tenter le tout pour le tout.

Le gonflement excessif de ses mamelles et la douleur gênent ses mouvements. À petit pas, elle longe donc un tronc d'arbre étendu par terre et, avec audace, entre dans la cage, et... clac !

Pendant qu'elle attend avec une anxiété extrême de voir si son plan de la dernière chance marchera, elle entend soudainement une grosse voix semblable à un grognement, venant on ne sait d'où :

— Ça va faire ! Qu'est-ce que ce vacarme ? A-t-on idée de déranger de la sorte un nimbus, gueule Gros-Nuage. Allez-vous en tous et fichez-moi la paix, tonne-t-il plus haut que Tonnerre.

Quand Gros-Nuage est en colère, il s'enfle d'un calme qui se répand tout autour de lui. Même Foudre s'ankylose.

— Ouf... J'ai eu un mauvais rêve... plutôt indigeste. Il me semble qu'il y avait une Touffue... Enfin, j'ai de la difficulté à me rappeler... Quel cauchemar ! murmure-t-il.

Brise se ressaisit quelque peu :

— Oh ! Touffue ! Je l'ai complètement oubliée. À vrai dire, j'ai oublié pourquoi j'ai demandé Vent... Ah ! que je suis donc idiote ! Voilà, ça me revient Gros-Nuage. Touffue n'est pas un rêve, elle existe. Il faut l'aider, elle est perdue, je ne sais plus quoi faire.

— Vite, parlons à Soleil avant qu'il ne se couche à la tombée du jour. Poussez-moi vers lui, ordonne-t-il.

À force d'efforts, ils parviennent à l'univers de Soleil. Celui-ci, allongé sur le faîte d'une montagne, sirote un jus de pomme chaud avec Lune. Gros-Nuage l'informe du drame. Lune, un peu en retrait, écoute et annonce toute fière :

— Je suis pleine en ce moment. Si Soleil veut bien m'envoyer sa lumière, je la réfléchirai sur le Lac des Fées et les eaux...

Dans son enthousiasme, Soleil lui coupe la parole et remet une grosse bulle à Vent.

— Va semer à tous vents en Outaouais !

Vent s'éloigne sans regarder dans la bulle, poussant Gros-Nuage. Brise, la curieuse, ne peut réprimer sa nature. Profitant d'un courant d'air, elle s'approche de la bulle, s'y infiltre et lui crie à tue-tête :

— Vent, si tu savais… Pluie ! Viens, tu vas avoir du travail !

Brise ressort de la bulle et s'assoit dessus, derrière l'épaule de Vent.

Pendant ce temps, Touffue, épuisée, se meurt d'effroi dans la cage. Les gens de la maison où elle s'est fait attraper l'ont découverte. Ils dissimulent la petite boîte dans la voiture. Sans s'en douter, ils ramènent l'exilée dans sa ville natale, Hull. Au moment où elle est remise en liberté, une fine pluie chaude tombe sur la région. Les pattes enfin sur sa rive, elle s'anime d'une certaine joie, tandis que la nuit paraît.

Elle a appris à ses dépens que les gens des deux rives de l'Outaouais déportent les écureuils chacun sur le territoire de l'autre.

Touffue ne reconnaît pas son environnement. Mais la réverbération de Lune est suffisante pour qu'elle trouve son chemin. Son seul désir : regagner son gîte, malgré la douleur insupportable. Elle y parvient tard la nuit, exténuée.

Les petits pleurent tellement ils ont faim.

Touffue se précipite vers eux, s'étend et leur offre la tétée. Tandis que les petits se repaissent, les souffrances de la mère s'atténuent.

Après un repos bien mérité, Touffue se réveille à la levée du jour, rencontre son frère Samare par hasard et lui conte sa mésaventure.

— Mais, Touffue, c'est Ti-Gris qui coupe les fleurs ! Je l'ai vu à maintes reprises. Tu connais le gros écureuil qui habite de l'autre côté de la rue ? Et il n'est absolument coupable de rien. Il y a des millénaires que nos ancêtres coupent et mangent des fleurs. N'est-ce pas là une partie de notre patrimoine ? C'est même dans la Charte des droits et libertés de notre peuple, les Sciuridés, déclare Samare avec dignité.

Touffue et lui savent que dorénavant, le danger les guette. Ils font désormais partie des communautés déportées et déportables.

— Tu sais, Touffue, ce que les humains nous font là, ils le font même entre eux. Je considère salvatrice notre habitude de ronger, assure Samare. Nous ouvrons, ramassons, transportons et cachons des noix et des graines. Nous ne mangeons pas tout, et peut-être en oublions-nous quelquefois, mais ce faisant, nous aidons à la propagation d'une grande variété d'espèces. Il y a pire, Touffue. Ces humains, ne sont-ils pas dangereux comme la peste ? Ces humains, à quoi peuvent-ils servir ? Je me le demande bien ! Si ce n'est qu'ils renvoient chacun leurs problèmes dans la cour du voisin. Tu te rends compte, ils ont d'impitoyables crises d'intolérance provoquées par leur obsession du perfectionnisme.

Toute la journée, Samare, indigné, a discouru sur l'humanité. Puis le lendemain et les jours suivants.

Confrères et consœurs, attirés par l'orateur, se rassemblent tous les jours sur le terrain. Jusqu'au moment où, en plein milieu du discours, une ombre couvre les écureuils. Inquiets, ils regardent autour d'eux. En quelques secondes, l'inquiétude fait place à l'émerveillement. Partout de petits soleils, tournés vers le sol, se balancent doucement au gré du vent et offrent leurs grosses fleurs remplies de fruits : des graines de tournesol.

Soleil et Lune sourient et se donnent un petit coup de rayon chaleureux pour célébrer la brillante inspiration.

Depuis ce jour, les écureuils préfèrent les gros tournesols à toute autre fleur, les gens ne déportent plus les écureuils d'un ailleurs à l'autre et le couple, ne s'apercevant pas du retour du petit voyou, a recommencé à compter ses fleurs ; quatre-vingt-dix-huit fleurs rouges, quatre-vingt-dix-huit fleurs roses, quatre-vingt-dix-huit fleurs blanches, quatre… euh ! un tournesol ? Tiens donc !

Nous n'irons plus au bois…

Marie Gérin

S ILENCE. Tout est silence, attente, tension. Dans ce boisé choyé de Val Tétreault, derrière le pénitencier, l'inquiétude règne. D'habitude, à cette heure-ci, les oiseaux piaillent, se nourrissent et se déplacent, heureux de voir un autre jour se lever. Mais aujourd'hui, rien de tout cela. Il fait silence.

Des pas résonnent soudain. Des hommes lourdement bottés et casqués se déplacent ; ils transportent des boîtes et des outils. Ils parlent peu. Des camions les rejoignent, d'autres hommes en descendent, outillés et transportant des chaînes. Des ordres secs et brefs les rassemblent puis les dispersent. On n'entend qu'eux dans les environs.

Depuis quelques jours déjà, Calotte-Noire, petite mésange espiègle et curieuse, a observé des mouvements inhabituels dans son habitat. Moins craintive que ses cousins, d'un vol court et fantaisiste, elle s'est approchée ce matin des hommes et ses plumes se sont hérissées : l'impression d'un danger imminent l'a envahie. Elle en a alors parlé à son compagnon, Funambule-l'Écureuil. Ensemble, ils ont décidé de surveiller ces gens qui marchent fort, plans déroulés et qui, à distance régulière, entourent de rubans roses les arbres de petit diamètre.

Afin d'y voir plus clair, Calotte-Noire et Funambule-l'Écureuil ont demandé l'aide de Pèlerin-le-Faucon. Lui vole haut et voit grand. Après un survol attentif des lieux, Pèlerin-le-Faucon revient et fait son rapport. Il trace dans le sable un grand arc de cercle partant d'un bâtiment et y revenant. « Les rubans délimitent cette superficie. J'ai aussi remarqué une augmentation d'activité dans le secteur. À mon avis, il y a urgence. »

Calotte-Noire sent bien que le boisé derrière la prison s'apprête à subir un assaut. Comme le Conseil de la forêt se réunit au moment même, d'un battement cahotique de ses petites ailes, elle se dépêche de s'y rendre. Tous y sont : Comète-Rouge, le grand pic ; Délicate-la-Mouffette ; Dandy-Cardinal et madame ; Zoulou, chef de bande des ratons laveurs ; Velue-l'Araignée ; Biche-Douce-Amère, évincée des petits bois de la rivière des Outaouais par le débordement des humains. Gavroche-le-Renard et Tristan-le-Bruant-Chanteur s'approchent du groupe. Plusieurs bêtes ont envahi le chêne ancestral. Les plus grands animaux se blottissent les uns contre les autres autour du tronc massif. Tous ont les yeux attentifs et les oreilles tendues.

« Mais qu'est-ce qu'ils peuvent bien fabriquer encore ces hommes ? », demande Zoulou. Il pressent un changement radical dans ses habitudes alimentaires et espère ne pas avoir à ouvrir un nouveau territoire de gourmandises-en-poubelles. Il se méfie depuis cette longue conversation qu'il a eue avec Biche-Douce-Amère. Elle et sa famille ont dû se replier vers le parc de la Gatineau, en retrait de la rivière des Outaouais où elle avait passé son premier été. Les hommes étaient trop près et il devenait dangereux de les voisiner. Les réserves de nourriture de sa famille disparaissaient avec la construction d'habitations. Elle lui avait parlé des signes avant-coureurs. « La situation actuelle présente plusieurs similitudes », pense Zoulou. Trop peut-être !

Brusquement, la voix nasillarde de Calotte-Noire le tire de sa réflexion :

— Un crime, on prépare un crime ! Il faut faire quelque chose.

La tension monte radicalement, les animaux sont en état de choc. Même les vers de terre s'arrêtent d'ingérer pour mieux écouter :

— Des machines, des camions, des arracheurs d'arbres, des tronçonneuses, c'est plein de monstres dans le bois ! On va nous démolir, nous déloger, nous enlever nos abris, nous écraser, nous envahir, nous… nous… nous tuer tous !

Haletante, épuisée, en larmes, Calotte-Noire se pose enfin sur une branche du chêne. L'assemblée la regarde, hébétée. Comète-Rouge prend la parole.

— Petite Calotte-Noire, reprends ton souffle. As-tu bien vu ? Tu voles tellement par saccades, tes yeux ont peut-être compté plus qu'il n'y a.

— Écoute Comète-Rouge, j'ai d'aussi bons yeux que les tiens. J'ai vu de grandes machines, dures et bruyantes ; elles ne respirent pas, mais elles crachent noir et elles puent ; j'ai vu des hommes transporter des outils hurlants et d'autres hommes manipuler des bras dotés de gueules à dents puissantes et pointues et faire des trous immenses dans le sol.

— C'est vrai, interjecte Funambule-l'Écureuil. Et ce n'est pas nouveau pour moi ; je me suis fait expulser par des machines du genre de chaque territoire où j'ai emménagé. Elles coupent les arbres sans vous demander si c'est votre chez-vous ou votre garde-provisions. L'arbre ne peut bouger. Il a juste le temps d'avoir peur, d'être triste et, à l'occasion, de nous dire adieu avant de tomber. Ses habitants doivent se sauver. Ces hommes n'abattent pas qu'un seul arbre ; ils deviennent frénétiques, ils s'emportent. On n'a guère le temps d'aviser, il faut déguerpir et vite !

— Vraiment, il n'y a rien à leur épreuve, s'exclame Biche-Douce-Amère. Ce sont des envahisseurs. Ils ont déboisé mon habitat près de la rivière. Il était idyllique : des hêtres, des érables, des cèdres et des myosotis par milliers, ainsi qu'un humus riche et humide dans lequel croissaient les animaux et les végétaux. Ils l'ont remplacé par un gazon sans saveur et des structures carrées, dépourvues de charme. Et les grenouilles se sont tues.

— Ouais, mais cela nous apporte tout plein de bouffe, de la bouffe facile à ramasser et souvent assez généreuse.

— Parle pour toi, Zoulou. Ta bande est experte dans le pillage des poubelles, mais tu risques chaque fois l'empoisonnement ou l'emprisonnement.

— Je ne sais pas comment vous faites, vous les ratons laveurs, pour vous nourrir d'aliments si peu raffinés, de commenter Dandy-Cardinal. Moi, je choisis les baies en été et les graines de tournesol en hiver, surtout celles qu'on m'invite à picorer dans les mangeoires les plus élégantes. Ma compagne et moi sommes l'objet de l'admiration des hommes et nous ne tenons pas à nous mettre en guerre avec eux ! Cela étant dit, nous ne sommes pas intéressés du tout à nous faire chasser brusquement, au début de l'hiver. Pouvons-nous nous opposer, ou est-ce mieux de fuir tout de suite pour trouver un abri avant la neige ?

— Eh bien ! moi, dit Tristan-le-Bruant-Chanteur, je quitte de toute façon pour les pays chauds ! J'ai retardé mon départ simplement pour vérifier si je devais revenir dans ce coin-ci le printemps prochain. À mon avis, il vaut mieux chercher ailleurs ; nous n'avons pas grand pouvoir sur ce que les humains décident.

À ces mots, Gavroche-le-Renard réagit avec colère :

— Mais ils sont emmerdants ! Mais pour qui se prennent-ils ? Et savez-vous pourquoi ils vont détruire notre habitat et brimer notre liberté ? Pour agrandir une habitation de détenus. Non, mais vous rendez-vous compte ? Pourtant, on leur apporte de la couleur et des sons riches et mélodieux, sans parler d'un équilibre entre ce qui pousse, grandit et se mange. Grâce à nous, rien ne se perd. Mais ils s'en balancent. Du béton, du béton et des clôtures, voilà ce avec quoi ils vont remplacer notre boisé. Ha ! voyez-vous ça !

Délicate-la-Mouffette a l'habitude du rejet. Quand elle se déplace, la voie s'ouvre devant elle. Pourtant, elle souhaiterait bien compter quelques amis hors du clan des mouffettes.

— Et si je les arrosais tous, ces hommes, partiraient-ils ? Avec des amis, on pourrait les tenir loin de notre chez-nous pour longtemps, assez peut-être pour les en dégoûter. Voulez-vous que j'essaie ?

— Délicate au grand cœur, je crois que tu risquerais ta vie plus que tu ne le penses en agissant de la sorte, de répondre Comète-Rouge. Merci tout de même de ton intention.

Velue-l'Araignée n'a encore rien dit. Elle ne parle jamais très fort, occupée qu'elle est à tisser les toiles de son garde-manger ; mais elle médite, et ses réflexions sont prisées.

— Nous n'avons pas le choix. Il est inutile de tergiverser sur les raisons et les causes du bouleversement qui nous touche tous ce matin. C'est le moment d'agir, de faire des choix difficiles mais essentiels à notre survie. Nous devons partir tout de suite. Fort probablement, nous ne nous reverrons pas tous ; faisons-nous donc nos adieux maintenant. Je n'irai pas très

loin d'ici car j'arrive à me camoufler et à me tolé-
rer près des habitations humaines ; certains ont compris que je les débarrasse d'un trop-plein d'insectes. Je
vous salue donc toutes et tous et je tisse en ma
mémoire les bons moments passés ensemble et vos
compliments sur l'expression artistique de mes toiles.
Elles étaient souvent à leur meilleur après la rosée ou
une chaude pluie d'été, captant la réflexion de la
lumière sur les gouttelettes d'eau retenues. Je continue mon œuvre et vous souhaite de trouver un habitat
capable de nourrir votre corps, votre cœur et votre
regard.

    L'assemblée acquiesce doucement à ces mots et
ses membres entreprennent le rituel du départ. On
entend des murmures de bons souhaits, de remerciements, de tristesse, d'adieux ; les derniers au revoir
s'expriment dans des froissements d'ailes et des
caresses de fourrure. Et par petits groupes, les habitants du boisé de la prison de la rue Saint-François
saluent les arbres qui les ont nourris et abrités et ils
quittent les lieux.

    En silence, les arbres attendent l'assaut.

Table des matières

Introduction, Michel-Rémi Lafond 9

1. Brèches 13
    Black strip-tease, Eddy Garnier 15
    Fission paradoxale, Éric Norman Carmel 23
    Le dernier show, Normand Grégoire 31

2. Nœuds 39
    Le Picotté, Raymond Ouimet 41
    L'extraordinaire secret de Béni Tarantour,
        Stéphane-Albert Boulais 51
    Le branché, Pierre Bernier 69

3. Labyrinthes 83
    Mortes mémoires, Jean-Pierre Daviau 85
    Grisaille, Jocelyne Fortin 91
    L'île aux amours, Nicole Balvay-Haillot 95
    Comme une insatiable soif,
        Carmen Dubrûle-Mahaux 101
    Entre deux rives, Micheline Dandurand 109
    En cris... e !, Jacques Lalonde 115
    La rivière du silence, Jacques Michaud 121
    Le regret, Vincent Théberge 127
    La nuit tombe sur Ostende,
        Monique Gagnon-Campeau 131
    Lettre ouverte à celle qui fut, Stefan Psenak 153

4. Trappes 159
    Un fol espoir, Richard Poulin 161
    À l'italienne, Claire Desjardins 175
    La panthère, Michel-Rémi Lafond 183
    L'héritage du vieux,
        Jacqueline L'Heureux-Hart 193
    Le pont Noir, Julie Huard 203

5. Emmurements 221
    Le scénario, Ken Lagacé 223
    Robert, Michel Lavoie 231
    Charogne, Darcy Lemire 239
    Le poteau rose, Claude Bolduc 243
    L'instant, Éric Jeannotte 257

6. Exils 261
    D'un ailleurs à l'autre, Carol Goulet 263
    Nous n'irons plus au bois..., Marie Gérin 275

Composition et mise en page :
Éditions Vents d'Ouest (1993) Inc.
Hull

Négatifs de la page couverture :
Imprimerie Gauvin Ltée
Hull

Impression et reliure :
Veilleux Impression à demande Inc.
Boucherville

Achevé d'imprimer en septembre
mil neuf cent quatre-vingt-quatorze

Imprimé au Canada